U0931992

詩的地理

陳正祥　著

商務印書館

責任編輯　錢舒文
裝幀設計　趙穎珊
排　　版　高向明
責任校對　趙會明
印　　務　龍寶祺

詩的地理

作　　者　陳正祥
封面書法　陳正祥
出　　版　商務印書館（香港）有限公司
香港筲箕灣耀興道 3 號東滙廣場 8 樓
http://www.commercialpress.com.hk
發　　行　香港聯合書刊物流有限公司
香港新界荃灣德士古道 220-248 號荃灣工業中心 16 樓
印　　刷　美雅印刷製本有限公司
香港九龍觀塘榮業街 6 號海濱工業大廈 4 樓 A 室
版　　次　2024 年 12 月第 1 版第 1 次印刷

ISBN 978 962 07 4711 3
Printed in Hong Kong

自序

雖言我計劃着在最近出版若干種著作，但絕未想到要寫這本小冊子。《詩的地理》完全是意外的產品！

我喜愛詩和詞，主要是受叔父的影響。我曾研究歷代詩人和詞家的籍貫分佈和旅行路線，並繪製成許多地圖。但我不會作詩，甚至連某些古體詩還不能徹底看懂。只有在心情沉悶或憤激時，才拿詩詞來出氣；閱讀詩集、詞選之類的書，一句一句地念下去。

在讀詩的過程中，碰到有地理學意味的詩，就抄錄下來；一首詩寫一張卡片。等到積累多了，就加以分類；然後按次説明解析，自得其樂。先寫成一篇論文，這小冊子便是由論文補充而成。

記敍同樣一項地理事物的詩，可能有好幾首，當然不便全數引用，於是在取捨之間就會發生問題。同時肯定還有許多詩，我尚未看到。要解決此一疑難，就我個人而論，一方面要加强自己對詩的認識；另一方面要花較多的時間去推敲。可惜在今後三數年內，因有很多更重要的事要做，恐無法享受此一閒情。所以本書內容的重新安排和修訂，只好留待再版的機會了。

這本小書明顯地只是一項嘗試，肯定有不妥當甚或錯誤的地方。真希望讀者、特別是詩的行家，能給予批評和指教。在解悶期間，我也練習寫字，書名《詩的地理》是我自己寫的，留作初習隸書的紀念而已。

所附的三幅地圖，採自我另一著作《中國歷史文化地理圖冊》；該圖冊由國際研究中國委員會出版，國際研究中國之家發行，特此聲明。

1977 年 7 月 7 日於香港

目錄

一 題引

詩是中國文化的優美結晶，詩人的分佈和漢文化的擴散區相一致。中國的詩經過數千年積累，數量極多，但無法統計。就唐代而言，《全唐詩》所錄的共計四萬八千九百首，作家二千二百多人，但這兩個數字都不完備[1]。唐代詩人的人數應以萬計，有的詩人一生作了幾千首詩，如白居易和杜甫等。但絕大多數的詩，沒有保留下來；有些人所作的詩，根本不為人知。唐以後的詩，據《四庫全書總目提要》著錄，共有御定四朝詩三百十二卷，計為宋詩七十八卷，作家八八二人；金詩二十五卷，作家三二一人；元詩八十一卷，作家一一九七人；明詩一百二十八卷，作家三千四百人。宋、金、元、明四朝的詩人共計為五千八百人。

唐代是我國歷史上詩歌創作的黃金時代，作家和作品之多，遠非其他朝代所能及。這有歷史和地理的雙重背境。漢魏六朝的古詩，到唐代起了革命，得到解放[2]。唐詩

1　《全唐詩》所收的詩人，在序文中說是二千二百餘人。但據平岡武夫《唐代の詩人》一書的記載，則為二九五五人。（全唐詩二八七三人，全唐詩逸一二九人；但此一百二十九位詩人中，有四十七人已見於全唐詩）。所收的詩，序文說四萬八千九百餘首，平岡武夫計算為四萬九千四百〇三首。《全唐詩》計九百卷，清康熙四十四年三月命兩淮鹽政設立揚州詩局，着手編集，到翌年十月完成；四十六年四月御製序文刊行。主持此事的有彭定求等十人。

2　初唐詩人的詩，意味常甚古，如魏徵及褚亮等人的《五郊樂章》、《享太廟樂章》等，是一般人不易讀懂的。

較古詩易讀，趨向於平民文學，又和音樂發生密切聯繫。白居易作詩，必使老嫗都能誦解。李益等人的詩，一作成就會轉到樂工手中，譜為管弦。唐代初期，皇室和貴族都喜歡詩歌，太宗、高宗和玄宗皆頗能作詩。天寶年間規定科舉要加考詩賦，於是詩便更見風行[3]。清康熙四十六年(1707)的《聖祖御製全唐詩序》就說：

> "詩至唐而衆體悉備，亦諸法畢該。故稱詩者，必視唐人為標準；如射之就彀率，治器之就規矩焉。蓋唐當開國之初，即用聲律取士，聚天下才智英傑之彥，悉從事於六義之學，以為進身之階；則習之者，固已專且勤矣。而又堂階之賡和，友朋之贈處，與夫登臨讌賞之即事感懷，勞人遷客之觸物寓興，一舉而託之於詩。雖窮達殊途，悲愉異境，而以言乎攄寫性情，則其致一也。"

公元八四七到八五九年在位的唐宣宗李忱(初名怡)曾寫過一首《弔白居易》詩，這一方面表示皇帝對詩人的懷念，另一方面反映了朝野上下作詩的風氣大盛。原詩道：

> "綴玉聯珠六十年，誰教冥路作詩仙。浮雲不繫

3 《舊唐書》九玄宗紀下："(天寶) 十三載 (754) 秋，……上御勤政樓試四科制舉人，策外加詩賦各一首。制舉加詩賦，自此始也。"

名居易，造化無為字樂天。童子解吟長恨曲，胡兒能唱琵琶篇。文章已滿行人耳，一度思卿一愴然。”

唐詩是中國文學極珍貴的遺產，有各式各樣的作品，其中不少包含着地理學的價值。唐代前期國勢強盛，疆域遼闊，詩人旅行廣遠，許多著名詩人到過邊疆，漢文化的光芒照耀西域。岑參曾從封常清屯兵輪台，李白從他的出生地碎葉回到內地。當時詩人所詠的邊塞詩多很有氣魄，附帶介紹了邊地風土人情。王昌齡《出塞》的第一首：

“青海長雲暗雪山，孤城遙望玉門關。黃沙百戰穿金甲，不破樓蘭終不還！”

又如李頎《古從軍行》的頭兩句：

“白日登山望烽火，黃昏飲馬傍交河。”

唐代後期戰亂頻仍，國土收縮，詩人生活轉徙流離，於是豪放的邊塞詩不見了，而代之以富有感情的敍事詩。李白、杜甫的詩，便多數屬於這一類。到了唐代末年，朝廷有朋黨之爭和宦官之禍，地方受強寇侵擾及藩鎮割據。政治局面混亂，社會極不安定。韓愈的《汴州亂》：

“汴州城門朝不開，天狗墮地聲如雷。健兒爭誇殺留後，連屋累棟燒成灰。諸侯咫尺不能救，孤土何者自興哀！”

可視為代表。因為世亂不已，許多詩人淪為頹廢，沉醉於享受；有些則逃避現實，隱入山林。李白的《將進酒》：

“人生得意須盡歡，莫使金樽空對月。天生我材必有用，千金散盡還復來。……鐘鼓饌玉不足貴，但願長醉不復醒。古來聖賢皆寂寞，唯有飲者留其名。”

可作為及時行樂派的代表。韋應物的《遊西山》：

“時事方擾擾，幽賞獨悠悠。弄泉朝涉澗，采石夜歸州。揮翰題蒼峭，下馬歷嵌丘。所愛惟山水，到此即淹留。”

則可視為山水派或隱逸派的代表。

唐代末年國勢雖然衰微了，文化發展方面卻曾放出“迴光返照”的異彩，產生了許多出色的詩人，作風講究技巧和工麗，特別是七言絕句，思想被唯美主義所支配。杜牧和李商隱，便是晚唐七言詩的兩位最著名作家。杜牧的《泊秦淮》：

“烟籠寒水月籠沙，夜泊秦淮近酒家。商女不知亡國恨，隔江猶唱後庭花。”

以及李商隱的《為有》：

“為有雲屏無限嬌，鳳城寒盡怕春宵。無端嫁得金龜婿，辜負香衾事早朝。”

可視為這一類詩的代表。這些詩的柔美，和初唐的那些詩迥然不同。初唐的詩人，多限於貴族和高級知識分子；晚唐則僧侶道士、販夫走卒、伶妓歌女也會作詩，人數

大為增加。元稹《長慶集序》:

“二十年間，禁省觀寺郵候牆壁之上無不書，王公妾婦牛童馬走之口無不道。”

詩的流行普遍可想而知。唐代的新體詩不但能夠入樂，而且可以入畫。張繼的《楓橋夜泊》:

“月落烏啼霜滿天，江楓漁火對愁眠，姑蘇城外寒山寺，夜半鐘聲到客船。”

和柳宗元的《江雪》:

“千山鳥飛絕，萬徑人踪滅。孤舟簑笠翁，獨釣寒江雪。”

是最常被畫家採用的。

新體詩發展到了晚唐，似乎已進入末路，於是轉向詞的方面演變。唐朝末年的一些著名詩人，皆兼為詞家，溫庭筠就是一個好例。

這篇論文，主要是根據唐詩寫成，但也兼顧了唐以後的詩，特別是宋詩。因為閱讀時間有限，遺漏可能很多，有待將來逐漸彌補。至於漢魏六朝的古詩，並非缺乏地理學記錄價值；事實上我在較早時就曾利用《詩經》之類繪製中國古代農產品分佈地圖[4]；只以古詩深奧，恐怕解釋不當，故暫且緩用。

4 周朝所寫成的《詩》三百篇，好像一部反映各地人民生活的詩歌總集；其所採擷的十五《國風》中的鄘、衛、鄭、魏、唐、秦、曹、豳諸風，都提到蠶桑。這就可使我們推測當時中國蠶絲工業的分佈情況。參閱另著《中國歷史文化地理圖冊》，國際研究中國委員會《中國研究叢刊》第十二號。

㊁ 描寫自然景觀的詩

唐宋時代的詩人，多熱愛大自然，喜歡旅行，這就使他們有較多機會見識地形、地物，包括名山、大湖、峽谷、瀑布、溫泉、沙漠、戈壁乃至岩溶洞穴（石灰岩地貌）。岑參《走馬川奉送封大夫出師西征》詩的頭幾句：

> "君不見走馬川行雪海邊，平沙莽莽黃入天！輪台九月風夜吼，一川碎石大如斗，隨風滿地石亂走。"

是對新疆中部塔里木盆地北邊戈壁灘和沙漠的極佳寫照，此處的走馬川似乎就是《水經・河水注》的龜茲川。

曾經出任桂管觀察使的洛陽人李渤，在寶曆三年(827)三月七日，寫過一首《南溪詩》，序言提到：

> "桂水灕水，右匯陽江，數里餘得南溪口，……泝流數百步至岩，岩下有灣垠沮洳，因導為新泉。山有二洞九室……其洞室為乳溜凝化，詭勢奇狀；俯而察之，如傘如蓋；如欒櫨支撐，如蓮蔓藻井。左睨右瞰，似簾似幃。"

這顯然是對石灰岩溶洞的描寫。原詩道：

> "玄岩麗南溪，新泉發幽色。岩泉孕靈秀，雲烟紛崖壁。斜峰信天插，奇洞固神闢。窈窕去未窮，環迴勢難極。玉池似無水，玄井昏不測。仙戶掩復開，乳膏凝更滴。丹砂有遺址，石徑無留跡。南眺蒼梧雲，北望洞庭客。蕭條風烟外，爽朗形神寂。若值浮

丘翁，從此謝塵役。”

南宋早期出鎮桂林的范成大，也寫過一首《興安乳洞有上中下三岩，妙絕南州，率同僚餞別者二十一人遊之》詩，描寫這個乳洞是：

“山水敦夙好，烟霞痼奇懷。向聞乳洞勝，出嶺更徘徊。……蕩蕩碧瑤宮，冰泉漱牆隈。芝田溉石液，深畦龍所開。”

白居易的《題廬山山下湯泉》：

“一眼湯泉流向東，浸泥澆草煖無功。驪山溫水因何事，流入金鋪玉甃中？”

這一則說明了江西廬山山下有溫泉，同時又帶出了陝西驪山也有溫泉，只是二者的功用不同。

王建《宮前早春》：

“酒幔高樓一百家，宮前楊柳寺萬花；內園分得溫湯水，二月中旬已進瓜。”

說明唐代已知利用溫泉進行溫室栽培。其實早在漢代，中國已有溫室栽培。《漢書》卷八十九〈循吏傳第五十九・召信臣傳〉：

“太官園種冬生葱韮菜茹，覆以屋廡，晝夜難蘊火，待溫氣乃生，信臣以為此皆不時之物，有傷於人，不宜以奉供養，及它非法食物，悉奏罷，省費歲數千萬。”

我國古代常稱急湍和瀑布為瀧，這是一個很像形的好名詞。韓愈被貶潮州刺史，赴任途中寫了一首叫做《瀧吏》的詩，

"南行逾六旬，始下昌樂瀧，險惡不可狀，船石相舂撞。往問瀧頭吏，潮州尚幾里，行當何時到，土風復何似？"。

日本人倒很能保存唐代文化，迄今仍稱瀑布為瀧。

"虛空落泉千仞直，雷奔入江不暫息。今古長如白練飛，一條界破青山色。"（徐凝：《廬山瀑布》）

中國的瀑布很多，北雁蕩山的大龍湫比較特殊。宋樓鑰《大龍湫》詩的前二十句：

"北上太行東禹穴，雁蕩山中最奇絕。龍湫一派天下無，萬衆贊揚同一舌。行行路入兩山間，踏碎苔痕屐將折。山窮路斷脚力盡，始見銀行落雙闕。矩羅宴坐看不厭，騷人弄詞困搜抉。謝公千載有遺恨，李杜復生吟不徹。我遊石門稱勝地，未信此湫真卓越。一來氣象大不侔，石屏倚天驚鬼設。飛泉直自天際來，來處益高聲益烈。溟地倒瀉三峽流，到此誰能定優劣。"

就因為這個瀑布很別致，所以他後來又約了朋友一同去看，而寫了一首《約諸公再遊龍湫》。

三峽為長江水運的頸項，其艱險自古著名。歷來文人歌詠三峽的詩很多，特別是唐代。唐代自安史亂後，中原殘破，四川盆地和長江中下游的交通聯繫轉趨重要。李白、杜甫、白居易、元稹等大詩人，都走過三峽，留下了可愛的詩篇；其中杜甫還在夔州一帶住過頗長時間。元和十四年 (819) 白居易從江州司馬調任忠州刺史，在三峽出口處的夷陵峽，和出川回京的好朋友元稹相遇，停舟暢敘，飲酒賦詩。白居易《初入峽有感》的頭半段：

"上有萬仞山，下有千丈水。蒼蒼兩崖間，闊狹容一葦。瞿唐呀直瀉，灩澦屹中峙。未夜黑岩昏，無風白浪起。大石如刀劍，小石如牙齒。一步不可行，況千三百里。"

(自峽州到忠州，灘險相繼，凡一千三百里。)

"見說瞿塘峽，斜銜灩澦根；難於尋鳥路，險過上龍門。羊角風頭急，桃花水色渾；山迴若鼇轉，舟入似鯨吞。岸合愁天斷，波跳恐地翻；憐君經此去，為感主人恩。"(白居易：《送友人上峽赴東川辟命》)

"西南萬壑注，勍敵兩崖開；地與山根裂，江從月窟來。削成當白帝，空曲隱陽台；疏鑿功雖美，陶鈞力大哉。"(杜甫：《瞿塘懷古》)

"巨石水中央，江寒出水長；沉牛答雲雨，如馬戒舟航。天意存傾覆，神工接混茫，干戈連解纜，行止憶垂堂。"（杜甫：《灩澦堆》）

南宋偏安，長江不但是交通運輸的大動脈，並且也是國防的前線。范成大和陸游等著名詩人，都到過三峽，寫了詠三峽的詩篇。范成大《灩澦堆》詩中有幾句說：

"蜀江西來已無路，鑿山作濬方成川。瞿塘之口狹如帶，乃欲納此江漫漫。奔流下赴故偪仄，汝更爭道當其前。"

"望州山頭天四低，東瞰夷陵西秭歸。峽江微茫細如帶，江外千峰青打圍。黃牛廟磯石如劈，想看驚湍虎鬚白。水行路走俱險艱，安得如鳥有羽翼？"（范成大：《大望州》）

"鑽火巴東岸，摐金峽口船。東江崖欲合，漱石水多漩。卓午三竿日，中間一罅天。偉哉神禹跡，疏鑿此山川。"（范成大：《初入巫峽》）

長江一出三峽，地勢忽然開廣，另是一番景象。胡皓《出峽》詩的前四句：

"巴東三峽盡，曠望九江開；楚塞雲中出，荊門水上來。"

以及王維《漢江臨汎》的頭四句：

“楚塞三湘接，荊門九派通。江流天地外，山色有無中。”

都是描寫湖北境內長江與漢水的形勢的。

陸路的山口，稱為關隘，詩人描寫名關的詩很多。金國詩人劉迎，曾詠南口和八達嶺；他的《南口》詩的前半首十二句：

“危峰張屏幃，峻壁開戶牖；崩騰來陣馬，翔舞下靈鷲。秀色紛後前，晴嵐迷左右；重陰忽障翳，虛籟競呼吼。深迂愛風日，高亢捫星斗；帝居望北闕，村落當南口。”

他的《出八達嶺》，則是描寫出嶺後到達蒙古高原邊緣的風光：

“山險略已出，彌望盡荒坡；風土日已殊，氣象微沙陁。我老倦行役，驅車此經過；時節春已夏，土寒地無禾。行路不肯留，奈此居人何？作詩無佳語，以代勞者歌。”

“躡險入高空，初疑勢不窮；又緣千嶂盡，還共七盤同。下辨東流水，平隨北去鴻；天然無此道，應免患窮通。”（許棠：《經八合坂》）

著名的山峰，例如五嶽，有關的詩頗多。華山和終南山，因接近長安，更容易成為詩人描寫的對象。王維《華嶽》的頭八句：

"西嶽出浮雲，積雪在太清。連天凝黛色，百里遙青冥。白日為之寒，森沉華陰城。昔聞乾坤閉，造化生巨靈。"

林寬的《終南山》：

"標奇聳峻壯長安，影入千門萬戶寒。徒自倚天生氣色，塵中誰為舉頭看。"

而元稹的《南秦雪》則是描寫終南山一帶的秦嶺；他一生中曾經好幾次越過秦嶺：

"帝城寒盡臨寒食，駱谷春深未有春；纔見嶺頭雲似蓋，已驚岩下雪如塵。千峰筍石千株玉，萬掛松蘿萬朵銀。飛鳥不飛猿不動，青驄御史上南秦。"

袁州詩人鄭谷的《峨眉山》：

"萬仞白雲端，經春雪未殘。夏消江峽滿，晴照蜀樓寒。造境知僧熟，歸林認鶴難。會須朝闕去，祗有畫圖看。"

雲南省西北部金沙江河曲的玉龍山，亦稱雪山，海拔 5,596 米，山巔積雪，盛夏不消；山勢遠較衡山、華山等為高峻。元代李京有一首詠玉龍山的詩：

“麗江雪山天下絕，積玉堆瓊幾千疊。足盤厚地背摩天，衡華真成兩丘垤。平生愛作子長遊，覽勝探奇不少休。安得乘風凌絕頂，倒騎箕尾看神州。”

對於山形及其變異的描寫，蘇軾的《題西林壁》提供了最好的例子。這首詩的頭兩句：

“橫看成嶺側成峰，遠近高低各不同。”

如果身在山中，則看不清山的真實形狀。所以接下去的兩句是：

“不識廬山真面目，只緣身在此山中。”

唐代詩人中喜愛爬山，且能登上一般人上不去的危崖的，恐怕要算天水人王仁裕了。他在宣宗大中五年登上麥積山的天堂，在天堂的西壁題詩。《玉堂閒話》對於此事有如此的一段記載：

“麥積山者，北跨清渭，南漸兩當；岡巒崛起，一石高萬尋。其青雲之半，梯空架險，有散花樓；由西閣懸梯而上，有萬菩薩堂，並就石鑿成。自此室之上，有一龕，謂之天堂。空中倚一獨梯，至此萬中無一人敢登者。仁裕獨登之，仍題詩於天堂西壁，前唐末辛未年也。”

這顯然和唐人的喜歡題詩留名有關。原詩是：

“躡盡懸空萬仞梯，等閒身共白雲齊；簷前下視羣山小，堂上平分落日低。絕頂路危人少到，古岩松健鶴頻棲；天邊為要留名姓，拂石殷勤手自題。”

山色湖光，能誘導詩人的靈感。就唐代的水路交通說，洞庭湖的地位特別重要；而湖邊的岳陽樓與湖中的君山，又增加了對詩人的吸引力，因此詠洞庭湖的詩也就很多。韓愈《岳陽樓別竇司直》長詩的頭八句，是描寫在岳陽樓上所見洞庭湖的廣闊及水文概況：

“洞庭九州間，厥大誰與讓？南匯羣崖水，水注何奔放？瀦為八百里，吞納各殊狀。自古澄不清，環混無歸向。”

李白《陪族叔刑部侍郎曄及中書舍人至遊洞庭五首》中的第五首，則是歌詠君山的美麗：

“帝子瀟湘去不還，空餘秋草洞庭間。淡掃明湖開玉鏡，丹青畫出是君山。”

“湖光秋月兩相和，潭面無風鏡未磨；遙望洞庭山水翠，白銀盤裏一青螺。”（劉禹錫：《望洞庭》）

“東西南北各連空，波上唯留小朵峰；長與岳陽翻鼓角，不離雲夢轉魚龍。吸迴日月過千頃，鋪盡星

河剩一重；直到劫餘還作陸，是時應有羽人逢。”（曹松：《洞庭湖》）

西湖是中國最美麗的湖泊之一，描述西湖的詩詞不計其數。對久居杭州的人說，蘇軾《飲湖上，初晴後雨》一詩，實寫得格外親切：

“水光瀲灩晴方好，山色空蒙雨亦奇。欲把西湖比西子，淡妝濃抹總相宜。”

白居易做過杭州和蘇州刺史，讚美西湖與太湖。他的《春題湖上》：

“湖上春來似畫圖，亂峰圍繞水平鋪。松排山面千重翠，月點波心一顆珠。碧毯線頭抽早稻，青羅裙帶展新蒲。未能拋得杭州去，一半勾留是此湖。”

是描繪西湖的最好詩篇之一。另一首《宿湖中》：

“水天向晚碧沉沉，樹影霞光重疊深。浸月冷波千頃練，苞霜新橘萬株金。幸無案牘何妨醉，縱有笙歌不廢吟。十隻畫船何處宿，洞庭山脚太湖心。”

不但寫出了太湖夜景的幽深，而且報道湖心的洞庭山產橘。

太湖石自古聞名，因為奇形怪狀，老早就成為宮庭及園林佈置的必需品。唐朝在開元後期和天寶年間，已採集太湖石進貢。白居易除了作《太湖石》詩：

“烟翠三秋色，波濤萬古痕。削成青玉片，截斷碧雲根。風氣通岩穴，苔文護洞門。三峰具體小，應是華山孫。”

之外，還把太湖石搬回洛陽家中，點綴庭園。吳融也作過《太湖石歌》，寫得更通俗，其頭四句是：

“洞庭山下湖波碧，波中萬古生幽石；鐵索千尋取得來，奇形怪狀誰能識？”

長江每年夏天要發大水，有時洪水漲得很高。白居易貶為江州（今江西九江）司馬時，見過這種洪水，寫了一首《大水》詩，頗有生動。

“潯陽郊郭間，大水歲一至。閭閻半飄蕩，城堞多傾墜。蒼茫生海色，渺漫連空翠；風卷白波翻，日煎紅浪沸。工商徹屋去，牛馬登山避；況當率税時，頗害農桑事。獨有傭舟子，鼓枻生意氣；不知萬人災，自覓錐刀利。吾無奈爾何，爾非久得志；九月霜降後，水涸為方地。”

著名的錢塘江大潮，謳詠過的人很多，北宋陳師道的《十七日觀潮》：

“漫漫平沙走白虹，瑤台失手玉杯空。晴天搖動清江底，晚日浮沉急浪中。”

應是較早較好的一首。

《全唐詩》卷五五一盧肇《漢堤詩》的序：

> “上元年秋，漢水大溢，齧襄堤以入；既沉漢郛，遂滅峴趾；棟榱且流，壓溺無算，襄之城僅以門免。三日水去，陷為大塗。餘民棲於楚山，號不敢下。餧躓相挽，其能全者計六七……因故堤之址，廣倍之，高再倍之。距襄之郊，繚半百里。明年春，堤成……”

原詩為四言古體詩，看不出有多大地理學價值；但詩序卻記錄了公元八四一年漢水的一次大泛濫，襄陽的城牆被沖毀而只留下城門。

此處的“上元年秋”指會昌元年（841），杜牧所撰的《牛僧孺墓誌》和《新唐書・盧鈞傳》，都記載了這年的漢江大水。

> “會昌元年，秋七月，漢水溢堤入郭，自漢陽王張柬之一百五十歲後水為最大。”（杜牧《唐故太子少師奇章郡開國公贈太尉牛公墓誌銘》序文）
>
> “會昌中，漢水害襄陽，拜鈞山南東道節度使，築隄六千步，以障漢暴。”（《新唐書》卷一八二〈盧鈞傳〉）

地震為突發的自然現象，它比颱風、洪水和火山噴發來得更突然，可能招致極嚴重的災害。1976 年 7 月 28 日的冀東大地震，強度達 7.5 級，波及北京和天津。北京在這次地震中，古老民居損毀甚多，數百萬人口移住路旁和曠地的帳幕。我從哈爾濱飛到北京，已是地震後一個月，猶見多數胡同巷口，堆滿碎磚爛泥；故宮、外交部和北京圖書館裏，還都搭着帳棚。在明清兩代的文獻中，可找到北京地震的許多記錄。《明史》卷三十五行志三在永樂元年（1403）到崇禎十二年（1639）的 237 年之間，共記錄了 66 次地震，平均每三年半發生一次。《清史稿》志十九災異五，也記錄了康熙四年（1665）到乾隆十一年（1746）間的十六次地震。其中關於康熙十八年的一次記載是：

> "七月初九日，京師地震。通州、三河、平谷、香河、武清、永清、寶坻、固安地大震。聲響如奔車，如急雷，晝晦如夜，房舍傾倒，壓男婦無算，地裂湧黑水，甚臭。"

那一次地震，延續一個多月，文人以詩記事的不少。楊炤《客自燕歸者為余略悉地震時情形記五絕句》：

> "高天忽陰慘，厚地頻震蕩；聲如崩轟雷，勢若翻巨浪。"

“萬姓房屋傾，三門城樓倒[5]；生靈爭頃刻，性命多不保。”

“連日驚極翻，大小四十震；天昏黃沙走，地裂黑水迸。”

“馬爭出馬坊，象爭出象房；人亦爭出屋，盜賊乘時忙。”

“於戲通州城，蕩盡如曠野；地裂人忽陷，往往騎在馬。”

邵長蘅的《地震詩・戲效昌黎體》的前半部：

“歲在己未斗指閒，月之廿八朝日暾，京師地震駭厥聞。初如地底雷砳磤，又如轣轆萬車輪。自西北來東南奔，頃刻簸蕩搖乾坤。雷硠菈攤屋瓦翻，市聲呀咻揚囂塵。叫號觸突踣以顛，車仆馬蹶欹轓輗。拉擺大厦摧高垣，礫塊揚箕天晝昏。欂櫨棄楝楹橑枅，顛倒填塞衢巷堙。百雉頓蹋崩門關，九廟鴟吻墮蟠蜿。骿脅折脰髁骨轔，死者纍纍三千人。通州三河嗟可憐，十斃八九離邅迍。腐屍敗胔腥闐闐，半籍以藁孰槥棺。地坼水湧黑且渾，翁嫗失足埋尻臀，一

5　三門原注指北京城的得勝門、安定門、西直門。

月不止餘威殫。都人佈駭遺臥眠，白板露宿帷幕藩。訛火亟興憂燎燔，反灰伏煤晨不餐。我時幸免溝壑填，我僕碎首面血殷。徐令巫咸返驚魂，一夜數徙拊膺歎。……"

江闓《江辰六文集》卷九有題為《己未七月廿八日京師地震紀異》的長詩一首，也描寫1679年的大地震：

"沙土忽掀騰，跬步迷舉趾。京城十萬家，轉眼無完壘。震蕩及禁廷，摧殘連堵雉。比鄰哭喪亡，狼籍雜犬豕。……通州達三河，城郭盡傾圮。莊堡瓦礫多，所向無不毀。水火更為災，白骨溝渠委。斃者成丘山，存者愁卵累。恍惚戒終朝，啼號數百里。"

當時文華殿大學士馮溥（1609-1691），年已七十，正在值班，碰上地震，甚為狼狽。他所作《佳山堂詩集》裏有一首《紀異》詩：

"己未秋七月，廿八直官廨；震動起重淵，衰老適相邂。初聽蛟龍吼，水勢湧澎湃；復擬雷霆怒，擊物不必決。奔走爭一門，洶洶羣奪隘。帽脫鮮細纓，袒裼任衣衩；跬步暗前途，舉足迷所屆。……小人復貪利，木石十倍賣；至今露處多，入屋如畏蠆。席亦不易得，婦子衣裳絓；街頭燈水繁，團聚渾結砦。……"

稍早在康熙七年（1668），北京也有過一次大地震，那是受山東郯城莒縣大地震的影響。當時波及全國 410 個縣，長江江面的船隻也遭到破壞。廣州長壽寺和尚大汕（1632-1705）所作《離六堂集》中的《地震行》長篇，描寫了這次地震，並連帶提到康熙十八年的大地震：

> "……據聞燕客說，眼見井泉枯。平空崩倒玉瑱朱壁之銀安殿，幾處傾翻琉璃玓瓅之金浮圖。纔說通州忽然陷，又說漏乾九曲運糧河。起止不定水與陸，經過何處不啼哭！最是宛平縣慘傷，皇天后土竟翻覆。一響摧塌王城門，城中裂碎萬間屋。前街後巷斷炊煙，帝子官民露地宿。露地宿，不足齒，萬七千人屋下死。骨肉泥糊知是誰，收葬不盡曝無已。親不顧，友不留，晨夕啾啾寃鬼愁。西門向北有劈面酸風亂滾之黃沙，東門至南有撲鼻羶水泛濫之黑溝，從彼溝上來，耳邊如輾走殷雷。道旁每端裂大罅，白毛幾尺飛白灰。又有幾人平地立陷如泥井，張口有聲看無影，十里五里飢鳥相爭啄，認得一屍缺足及折脛。又有臭氣聚土射人毒，頃刻土積成山化成瀆，山下現出火燒不着枯木柴，瀆中浮起鵝脖羊肚大肘肉。……說與海鄉人不信，十三年來兩年震。"

此處十三年應為十二年之誤，因為從康熙七年到十八年頭尾只有十二年。

㈢

氣候及其變遷

曾經在新疆北庭都護府工作過，安史亂後到四川担任嘉州刺史的岑參，寫了一首《白雪歌送武判官歸京》的詩，頭四句說：

> "北風捲地白草折，胡天八月即飛雪。忽如一夜春風來，千樹萬樹梨花開。"

這是對西北邊疆氣候很好的描繪，一場暴風雪，很快變得四野皆白。

> "五月天山雪，無花祇有寒"

是李白《塞下曲》中的兩句，也是李白在很多處提到天山的另一次。似乎李白肯定親眼見過天山，很可能是在孩提時從碎葉回到內地的途中看到。

> "黃沙北風起，半夜又翻營。戰馬雪中宿，探人冰上行。深山旗未展，陰磧鼓無聲。幾道征西將，同收碎葉城。"

張籍的《征西將》，說的是今日中亞細亞的氣候，沙漠和冰雪的世界。

> "陰雲凝朔氣，隴上正飛雪。四月草不生，北風勁如切。"

這是長孫佐輔《隴西行》的頭四句，說明甘肅東部一帶四月（陽曆五月）天氣還很寒冷。

"終南陰嶺秀，積雪浮雲端。林表明霽色，城中增暮寒。"

這是祖詠的《終南望餘雪》，說明秦嶺的積雪可以增加長安城中的寒意。

韓愈《貶官潮州出關作》中的兩句：

"雲橫秦嶺家何在，雪擁藍關馬不前。"

指出了冬天秦嶺積雪頗深。

王之渙的《出塞》：

"黃沙直上白雲間，一片孤城萬仞山。羌笛何須怨楊柳，春風不渡玉門關。"

這是合乎涼州以西玉門關一帶春季的天氣情況。玉門關和黃沙的關係，還有別的詩可資證明。例如前面引過的王昌齡《從軍行》以及王維的《送劉司直赴安西》：

"絕域陽關道，胡沙與塞塵；三春時有雁，萬里少行人。"

盛唐詩人因為旅行廣，對於玉門關一帶的情況比較熟悉。他們知道這一帶春季每天到日中都要颳風起黃沙，直沖雲霄。但後來不知怎的，涼州詞的第一句卻被改為"黃河遠上白雲間"。或許在詩人的心目中，"黃河"比"黃沙"美些，卻不知涼州及玉門關，和黃河實無關連。如此一改，便使得這詩和河西走廊的地理，兩不對頭了。

和世界同緯各地比較，中國的冬季是偏冷的；加上雪的潔白可愛，故詩人詠雪和寒冷的詩很多。南宋詩人范成大，在孝宗乾道六年（1170）閏五月奉派出使金國，到過中都（現在的北京）。在他的《范石湖集》卷十二，有一首《燕賓館》的詩：

> "九月朝天種落驩，也將佳節勸杯盤。苦寒不似東籬下，雪滿西山把菊看。"

他自注說：

> "燕山城外館也。至是適以重陽，虜重此節，以其日祭天，伴使把菊酌酒相勸。西望諸山皆縞，云初六日大雪。"

這個注的地理記錄價值就比詩的本身為大。重陽節是陰曆九月九日，當年九月六日（陽曆十月十七日）就大雪，這在北京是罕見的。查現代的記錄，北京平均初雪是 11 月 25 日，最早初雪是 11 月 9 日，最遲初雪為 12 月 15 日。

宋代的氣候，特別是南宋初年的氣候，似乎比現在寒冷。南宋詩人所作的詩，也反映出當時冬季的嚴寒。范成大就寫過許多詠大雪和奇寒的，像《大雪書懷》《雪中苦寒戲嘲二絕》《雪復大作六言四首》《寒夜觀雪》《正月六日風雪大作》《去年多雪苦寒，梅花遂晚，元夕猶未盛開》《立春大雪》《芒種後積雨驟冷》《大雪送炭與芥隱》《雪後苦寒》以及《苦寒六言》與《驟寒吟》等等；此外還有好幾首詩皆以“雪”字開頭。他的《驟寒吟》，頭兩句是：

“九月奇寒前未聞，巷南巷北無行人。”

《苦寒六言》：

“簷冰低掛闌角，隙雪斜侵坐隅。春後一寒如此，梅花有信來無？”

有些從標題上看不出和天氣有關的詩，內中也有描寫寒冷的句子，例如《李子永赴溧水，過吳訪別，戲書送之》一詩的頭兩句：

“萬壑斷流冰塞川，千岩森玉雪漫天。”

我曾在蘇杭長住過，現在江南一帶是沒有這樣寒冷的。

從范成大的詩中，不但知道南宋初年北京和蘇州的寒冷，而且也看到嶺南和四川盆地的寒冷。乾道九年(1173)，成大又在桂林遇到大雪。他在《乾道癸巳臘後二日，桂林大雪尺餘，郡人云前此未見也》一首長詩中，説起

“憶昔北征秋遇雪，穹廬苦寒不堪說。飛花如席暗燕然，把酒悲歌度佳節。（以上指 1170 年在北京過重陽節）……天公恐我愁瘴霧，十日號風吹石裂（描寫强大寒潮南下時颳的大風），同雲乃肯度嚴關，

一夜玉峰高巀嵲。老榕蓊密最先縞，稺竹枵虛時一折。須知桂海接蓬瀛，滿目三山白銀闕。……"

此外，范成大尚有一首《喜雪示桂人》的詩：

"臘雪同雲嶺外稀，南人北客盡冬衣。從今老杜詩猶信，梅片飛時雪也飛。"

絕少冰凍的太湖，在公元 1111 年不但全面結冰，而且冰層厚得可以通行車馬；湖中洞庭山著名的橘樹，完全凍死。當時國都杭州的平均終雪日期，估計要比現在推遲約一個月。蔡珪的《撞冰行》詩，指出 1153-1155 年金國派遣使節到杭州時，靠近蘇州的運河，冬天常常結冰，船夫要準備鐵鎚破冰開路[6]。這也是現在所沒有的現象。福州地區從唐代以來，就大規模栽培荔枝。范成大在明州（今寧波）所作的《新荔枝四絕》詩，自注：

"四明海舟自福唐來，順風三數日至，得荔子，色香都未減，大勝戎、涪間所產。"

6　蔡珪是金國人，曾任翰林修撰，同知制誥，戶部員外郎，太常丞；大定十四年（1174）出守濰州。他著有《水經補亡》四十篇，《晉陽志》二十卷。《撞冰行》的原詩是："船頭傳鐵橫長錐，十十五五張黃旗。百夫袖手略無用，舟過理棹徐徐歸。吳儂笑向吾曹說，昔歲江行苦風雪。揚槌啓路夜撞冰，手皮半逐冰皮裂。今年窮臘波溶溶，安流東下閒篙工。江東賈客藉餘潤，貞元使者如春風。"貞元是金國年號，亦即 1153-1155 年。又丹陽人郭天錫的日記，記載元武宗至大二年（1309）正月初，他從無錫乘船沿運河回家，中途因運河冰凍，不得不棄船登岸徒步。

但徽宗大觀四年（1110）和孝宗淳熙五年（1178），福州的荔枝樹曾兩度全部凍死。

唐代的詩人，到過四川的很多。從白居易、元稹、張藉等人的詩篇中，得知當時四川荔枝的分佈頗廣，忠州和成都一帶也有，這似和唐代氣候比較溫暖有關。范成大和陸游，也都在四川作過官，從這兩位愛國詩人的詩裏，可看出四川盆地荔枝的生產，到南宋時已退縮到南邊的長江谷地；成都忠州一帶不再生產荔枝了。換言之，因為氣候變冷，產區範圍遠比唐代狹小了。

元代詩人廼賢的《新堤謠》，描寫元至正十一年（1351）山東省白茅地方黃河決口，洪水泛濫；同年修補河堤時，又因十月（陽曆十一月）的特早冰淩，以致工程進行十分困難。原詩云：

> "大臣雜議拜都水，設官開府臨青徐。今監來時當十月，河冰塞川天雨雪。調夫十萬築新堤，手足血流肌肉裂。監官號令如雷風，大寒日短難為功。"

根據現代的氣候資料，山東洛口一帶的平均初冰日期係在十二月下旬，十一月不會出現冰淩。此外在公元 1329 年和 1353 年，太湖又曾兩度結冰，冰厚得可以行人，洞庭山的橘樹全部凍死。

柳宗元的《江雪》：

> “千山鳥飛絕，萬徑人踪滅。孤舟簑笠翁，獨釣寒江雪。”

內容清楚明白，原用不着註釋；而且在任何有關詩集中，也找不到任何註釋，説明寫這首詩的背境。但對地理學家説，此詩卻有可疑之處。我父親的書房中，曾掛有題着這首詩的一幅畫，乍看只是描繪嚴冬的景色，總以為屬於北國風光。但那漁翁所穿的簑衣，卻是南方多雨地區的土特產；北方的河流冬天要冰封，他又怎能在冰上釣魚呢？明顯地存在着矛盾，可是一直沒法解決！1974 年夏天，我去意大利 Verona（維羅納）參加國際地理學會的農業類型委員會，會前到瑞士休息十多天，大部分時間住在 St. Moritz（聖莫里茲），白天登山遊覽，夜晚寫完日記就上牀看書。這回隨身攜帶是《柳河東集》，當我讀到第三十四卷《答韋中立論師道書》，先是對

> “僕往聞庸蜀之南，恒雨少日，日出則犬吠”

的看法表異議，也可以説這解釋是錯誤的。接下去是

> “前六七年，僕來南，二年冬，幸大雪踰嶺被南越中數洲；數州之犬皆蒼黃吠噬狂走者累日，至無雪乃已。”

又忽有感觸，使我聯想到他所詠的《江雪》詩和少年時常

見的那幅畫。柳宗元雖然是北方人，早年在藍田、長安做過官（二十歲成進士，二十五歲登博學宏詞科）；但壯年以後受到政治迫害，一直貶斥在永州和柳州[7]，所以這次大雪必定是南方罕見的大雪了。文中"二年冬"應指元和二年（807），他在永州，也就是現在湖南省零陵縣。這次華南大雪，可和公元二二五年淮河的忽然冰凍比擬[8]，同為中國古地理的兩件大事，值得大書特書。

正史的帝紀，所記應當是重要和比較特殊的事，長安的冬天理該寒冷，要落雪結冰。如果某年冬天無冰無雪，史官認為不尋常，就會加以記錄。在《新唐書》、《舊唐書》裏，從貞觀二十三年到貞元十四年，一百五十年間共有十七次"是冬無雪"及"是冬無冰"的記載[9]，這表明唐代長安的冬季是偏暖的。憲宗元和十一年（816），冬天桃

7　柳宗元（773-819）在永貞元年（805）被貶為邵州刺史，同年十一月再貶為永州司馬。從永貞元年到元和十年（815）都在永州。元和十年按例召回長安，但同年又出為柳州刺史，元和十四年在柳州病死。

8　淮河是不封凍的，但《三國志・魏書》卻有如下的一段記載："（文帝，即曹丕）黃初六年（225）冬十月，行幸廣陵（今淮陰東南）故城，臨江觀兵，戎卒十餘萬，旌旗數百里。是歲大寒，水道冰，舟不得入江，乃引還。"這是目前已知的淮河結冰惟一記錄。

9　其後到乾符三年（876），《新唐書》中還有一次"是冬無雪"的記錄。但我覺得從元和到乾符，唐皇朝已經禍亂綿延，宮廷動蕩不安，關於這一類的天氣記載，恐不完備，故不予計算。但也可能氣候已開始變冷了。

李開花，可作為當時氣候偏暖的一個物證。

唐代距今已有一千多年，若干唐詩所詠的京城植物，現在卻不能在西安生長，這指示了古今氣候的變遷。杜甫的《病橘》詩，提到唐玄宗在蓬萊殿種橘，居然也能結實，還用以賞賜大臣[10]。唐武宗（841-846 年在位）也曾在宮殿栽培柑橘，有一次橘子成熟，皇帝叫太監賞給大臣每人三個，這說明在第八世紀到第九世紀中期，長安可種植柑橘而且能夠結果。又如元稹的《和樂天秋題曲江》，提到了曲江的梅，可見當時長安是有梅花的。唐玄宗的愛妃江采蘋，因其居處種滿了梅花，所以被稱為梅妃。但現在梅樹在西安生長不好。

柑橘樹大概只能忍受 -8℃的低溫，梅樹一般也只能抵抗 -14℃的低溫。現在的西安，似較唐代的長安為寒冷。檢查近代的氣溫記錄，西安在 1936、1947、1948 三年冬天，最低氣溫皆曾低至 -14℃以下；一月份平均氣溫為 -1.0℃，絕對最低氣溫且達 -20.6℃。大致到了十一世紀以

10　《病橘》原詩：“……嘗聞蓬萊殿，羅列瀟湘姿。此物歲不稔，玉食失光輝。寇盜尚憑陵，當君減膳時，汝病是天意，吾諗罪有司。憶昔南海使，奔騰獻荔枝。百馬死山谷，到今耆舊悲。”似乎當時進貢荔枝，並不限於四川盆地。此外殷成式的《酉陽雜俎》，也提到天寶十一年（751）秋，宮中有幾株橘樹曾結實一百五十多顆，味和江南、蜀道進貢的柑橘一樣。

後，華北地區就不再有梅樹了。蘇軾的《杏》詩，曾說：

“關中幸無梅，賴汝充鼎和。”

當時北方人常誤認杏為梅，王安石就寫了一首《紅梅》的詩來嘲笑此項張冠李戴的事實：

“北人初不識，渾作杏花看。”

《新唐書》、《舊唐書》關於長安“是冬無雪”之類的記載：

年份	新唐書	舊唐書
貞觀二十三年(649)	“是冬無雪”	“是冬無雪”
永徽二年(651)	“是冬無雪”	
麟德元年(664)	“是冬無雪”	
總章二年(669)	“是冬無雪”	“是冬無雪”
儀鳳二年(677)	“冬，無雪”	“是冬無雪”
垂拱二年(686)	“是冬無雪”	
開元三年(715)		“是冬無雪”
開元九年(721)	“是冬無雪”	“是冬無雪”
開元十七年(729)	“是冬無雪”	“是冬無雪”
天寶元年(742)	“是冬無冰”	“是冬無冰”
天寶二年(743)	“是冬無雪”	“是冬無雪”
大曆元年(766)	“是冬無雪”	“是冬無雪”
大曆八年(773)		“是冬無雪”

年份	新唐書	舊唐書
大曆十二年（777）	“是冬無雪”	
建中元年（780）	“是冬無雪”	
貞元七年（791）	“是冬無雪”	“是冬無雪”
貞元十四年（798）	“是冬無雪”	
元和十一年（816）	“是冬桃李華”	

四川盆地和貴州山區，很多地方在夜間下雨，到過那些地方的人都知道。李商隱的《夜雨寄北》：

“君問歸期未有期，巴山夜雨漲秋池。何當共剪西窗燭，卻話巴山夜雨時？”

四句中兩次提到夜雨，着重指出了四川秋季的多夜雨。

華北平原多風沙，狂風常捲起河洲的沙土，以致塵埃滿地。儲光羲的《效古二首》，有四句頗為切當地描寫了邯鄲一帶的風沙：

“東風吹大河，河水如倒流。河洲塵沙起，有若黃雲浮。”

“四時俱可喜，最好新秋時。”

是陸游的詩句，指證我國大部分地區，全年天氣總以秋季最好，但四季之中也以秋季為最短。當溽暑蒸人之後，忽來秋風送爽之快，自然會令人喜悅而讚賞新秋。秋天不但氣溫較低，而且濕度也較小，能見度則較高。就因為秋季天高氣爽，所以我們的祖先才選擇八月中來賞月。三十年考不取進士的劉得仁，卻作了一首頗好的《中秋》詩，訴説人們對佳節的期許：

“塵裏兼塵外，咸期此夕明。一年惟一度，長恐有雲生。露洗微埃盡，光濡是物清。朗吟看正好，惆悵又西傾。”

又如殷文圭《八月十五夜》的前四句：

“萬里無雲鏡九州，最團圓夜是中秋。滿衣冰彩拂不落，遍地水光凝欲流。”

杜牧的《山行》：

“遠上寒山石徑斜，白雲生處有人家；停車坐愛楓林晚，霜葉紅於二月花。”

無疑是描寫秋天山景的好詩。

早晨看見紅霞，天氣可能很快變壞；傍晚有霞彩，預告天氣晴好。這在氣象學上很容易解釋，各地的諺語中也常提到。蘇州一帶的説法是：

“朝霞不出門，暮霞行千里。”

這些諺語，也見之於詩。蘇州人范成大，曾用此諺詠詩，詩題甚長，叫做《曉發飛烏，晨霞滿天，少頃大雨。

吳諺云：“朝霞不出門，暮霞行千里”驗之信然，戲紀其事》。此一長詩的頭幾句是：

“朝霞不出門，暮霞行千里。今晨日未出，曉氣散如綺。心疑雨再作，眼轉雲四起。我豈知天道，吳農諺天爾。”

颱風和龍捲風，也有詩人描寫過。元代新會詩人張撝的《颱風》：

“火雲夾日已西馳，驟雨驚風此一時。萬里怒濤泛斷梗，千家矮屋失疎籬。懸炊破釜侵飄屋，護圃枯槎壓嫩枝。最是畬田收未得，不堪狼戾子離離。”

元代臨海詩人徐孝基《見羣龍歌》的頭八句：

“元雲崔嵬半空黑，大龍蜿蜒小龍直；天瓢倒瀉銀河懸，海氣空濛海波立。須臾復有三四龍，威棱氣勢如羣雄；雷公擊鼓玉女笑，飛煙烈焰飄長風。”

顯然是記述龍捲風的。天台詩人阮拱辰的《雷擊蛇》序，也提到這次龍捲風：

“至正辛丑夏（1361 年夏至日），余自瓢湖南放舟；絕湖口而北，時雲日晝晦，天西北有龍，蜿蜒下垂，雷怒若擊物狀。舟人曰是龍下取水，雨且暴至……”

四 物產與物候

詩也能指示物產的分佈，但多數只限於特產。不同時代物產分佈的差異，又可用以證明氣候的變遷。特產之中，荔枝最為出名，這顯然和楊貴妃的愛吃荔枝有關。唐宋詩人之中，有很多作過詠荔枝的詩。從這些詩中，我們知道荔枝只生產在四川、福建和廣東；又似乎只有四川的荔枝，用快馬急遞，才能新鮮到達長安；福建和廣東所產的荔枝，除非使用特殊的保藏方法，否則無法新鮮運到當時的國都。白居易在被貶之前，官做得不大，沒有機會嘗到新鮮的珍果。後來他從江州司馬調為忠州刺史，才初次吃到荔枝，高興地寫了一首長詩《題郡中荔枝詩十八韻兼寄萬州楊八使君》：

> "奇果標南土，芳林對北堂。素華春漠漠，丹實夏煌煌。葉捧低垂戶，枝擎重壓牆。始因風弄色，漸與日爭光。……早歲曾聞說，今朝始摘嘗。嚼疑天上味，嗅異世間香。潤勝蓮生水，鮮逾橘得霜。燕支掌中顆，甘露舌頭漿。"

這詩肯定說明了四川忠州在唐代出產荔枝，大詩人白居易初次親自嘗到，大加讚美。他有一個姓楊的朋友在萬州（今萬縣市）做官，他寄贈一些荔枝。楊使君吃過以後想種植荔枝，於是他又寄去一些，故有另一首《重寄荔枝與楊使君，時聞楊使君欲種植，故有落句之戲》：

“摘來正帶凌晨露，寄去須憑下水船。……聞道萬州方欲種，愁君得喫是何年？”

後面這首詩，說出了萬州不產荔枝。按忠州和萬州，兩地直距不到百公里（萬縣城處北緯 30°50´，忠縣處 30°48´，相差 32 分），表示荔枝產區所受氣候條件的限制極嚴。白居易吃過荔枝之後，也在庭院中種植起荔枝來了；他的《種荔枝》詩：

“紅顆珍珠誠可愛，白鬚太守亦何癡？十年結子知誰在，自向庭中種荔枝。”

此外他又修了荔枝樓，用極美的文字把荔枝介紹給長安友人：

“荔枝生巴、峽間，形圓如帷蓋。葉如桂，冬青；華如橘，春榮；實如丹，夏熟。朵如蒲萄，核如枇杷，殼如紅繒，膜如紫綃，瓤肉瑩白如雪，漿液甘酸如醴酪。大略如此，其實過之。若離本枝，一日而色變，二日而香變，三日而味變，四五日外，色香味盡去矣。”

唐明皇要把如此容易腐敗的珍果從四川快遞到長安，怎不苦煞地方官與驛騎呢！杜牧的《過華清宮絕句》：

“一騎紅塵妃子笑，無人知是荔枝來。”

巧妙的形容了驛馬的飛馳急遞。

杜甫大概也是逃難入川後才吃到新鮮荔枝的，否則也只能吃過褪了色、快要腐敗的荔枝！他《解悶十二首》中的第十首，說：

“憶過瀘戎摘荔枝，青楓隱映石逶迤；京中舊見無顏色，紅顆酸甜只自知。”

當時四川盆地除了東邊的長江河谷，南部的瀘州、戎州之外，成都附近的低山也出產荔枝。張藉的《成都曲》，曾提到：

“錦江近西烟水綠，新雨山頭荔枝熟。”

范成大在 1176 年從成都回蘇州，走過瀘州時寫了一首《江安道中》，提到

“穠綠連村荔子丹。”

足見南宋初期瀘州長江谷地還盛產荔枝。另一首《妃子園》詩的自注，說天寶年間楊貴妃吃的荔枝是涪陵縣妃子園進貢。他又補充說四川所產的荔枝，遠不及閩中所產，而福建所產的荔枝又以陳紫為最佳。

蘇軾在北宋紹聖元年（1094）再貶為寧遠軍節度副使，在惠州安置，他在這一年十月三日到達廣東惠州，第二年寫了一首《四月十一日初食荔枝》詩，對荔枝的本身

描寫得很好，但地理學記錄價值不高。該詩的前十句是：

"南村諸楊北村盧，白華青葉冬不枯。垂黃綴紫烟雨裏，特與荔枝為先驅。海山仙人絳羅襦，紅紗中單白玉膚。不須更待妃子笑，風骨自是傾城姝。不知天公有意無，遺此尤物生海隅。"

白居易《揀貢橘書情》詩的前四句：

"洞庭貢橘揀宜精，太守勤王請自行。珠顆形容隨日長，瓊漿氣味得霜成。"

是他担任蘇州刺史時作的，指出太湖洞庭山產橘，而且因為質優，列為貢品。

江西省東北部浮梁一帶，唐代便盛產茶葉。白居易的《琵琶行》曾説道：

"商人重利輕別離，前月浮梁買茶去。"

有時詩中的某一句，會指出某地的物產。例如白居易《琴茶》：

"茶中故舊是蒙山"

指出雲南蒙山產茶。唐代蒙山所產的蒙頂茶，品質優異。韓翃《送李司赴江西使幕》：

"好酒近宜城"，

指出了江西宜城產酒。李頎《送皇甫曾遊襄陽山水》：

> "柑實萬家香"，

説明唐代湖北襄陽出產柑橘。

唐朝政府的養馬地區，主要分佈在陝北及隴西。在馮翊縣南有沙苑，東西八十里，南北三十里。地宜牧畜，設置沙苑監，相當於現有的國營牧場，專門養馬。杜甫的《沙苑行》：

> "君不見左輔白沙如白水，繚以周牆百餘里，龍媒昔是渥洼生，汗血今稱獻於此；苑中騋牝三千匹，豐草青青寒不死，食之豪健西域無，每歲收駒冠邊鄙。王有虎臣司苑門，入門天廄皆雲屯，驌驦一骨獨當御，春秋二時歸至尊，至尊內外馬盈億。……"

是對國營養馬場的一項描寫。

安史亂後，馬匹缺乏，為補充軍需，要購入馬匹，特別是回紇的馬匹。因為唐朝曾經依賴回紇精騎的援助而收復兩京，對之盡籠絡、容忍的能事，皇帝被迫以親生女兒下嫁和親。回紇通過馬市，每年用大批的馬，不等值的交換中原絲絹。原先是一匹馬換一疋絹，（據《通典》卷六食貨賦税條下：唐代定制，絲織品以闊一尺八寸、長四丈為一疋）後來改為一匹馬換十疋絹，最後再改為一匹馬換四十疋絹。弄得李唐王朝難於應付，一再拖欠，彼此抱怨。白居易《新樂府・陰山道》，所詠即為此事：

“陰山道，陰山道，紇邏敦肥水泉好。每至戎人送馬時，道旁千里無纖草。草盡泉枯馬病羸，飛龍但印骨與皮。五十匹縑易一匹，縑去馬來無了日。養無所用土非宜，每歲死傷十六七。縑絲不足女工苦，疏織短截充匹數。藕絲蛛網三丈餘，迴紇訴稱無用處。咸安公主號可敦，遠為可汗頻奏論。元和二年下新敕，內出金帛酬馬直。仍詔江淮馬價縑，從此不令疏短織。合羅將軍呼萬歲，捧受金銀與繒綵。誰知黠虜啓貪心，明年馬多來一倍。縑漸好，馬漸多，陰山虜，奈爾何？”

《欒城集》卷十六《奉使契丹二十八首》的《出山》詩：

“燕疆不過古北關，連山漸少多平田。奚人自作草屋住，契丹骿車依水泉。橐駞羊馬散川谷，草枯水盡時一迁。漢人何年被流徙，衣服漸變存語言。力耕分穫世為客，賦役希少聊偷安。漢奚單弱契丹横，目睹漢使心凄然。石瑭竊位不傳子，遺患燕薊逾百年。仰傾呀天問何罪，自恨遠徂從祿山。”

描寫了蒙古高原東南部少數民族的游牧生涯。

杜甫《鹽井》的前八句，給四川盆地的鹽井作了很妥當的描寫：

“鹵中草木白，青者官鹽烟，官作既有程，煮鹽烟在川，汲井歲搰搰，出車日連連，自公斗三百，轉致斛六千，君子慎止足，小人苦喧闐，我何良歎嗟，物理固自然。”

他的另一首詩《於韋少府處乞大邑瓷碗》：

“大邑之瓷輕且堅，扣如哀玉錦城傳，君家白碗勝霜雪，急送茅齋也可憐。”

指出唐代四川大邑產瓷，而且質地頗佳。

研究物產和氣候關係的學問稱為物候，是應用氣候學的旁支。這裏所謂物產，是指地面上生產的萬物，並不限於農作物。詩人們吟詠大自然的章句，常具有物候學的價值。活到七十四歲的白居易，在十五歲時就寫了一首《草》的詩：

“離離原上草，一歲一枯榮。野火燒不盡，春風吹又生。遠芳侵古道，晴翠接荒城。又送王孫去，萋萋滿別情。”（詩名一作《賦得古原草送別》）

前面的四句，指出了物候學上的兩個重要規律：第一是草的榮枯，有一年一度的循環；第二是這種循環係隨氣候而轉移，春天一到，溫暖的風一吹，草就又復甦了[11]。其他像李白的“春風又綠瀛州草”以及王安石的“春風又綠江南岸”，也包含相似的意味[12]。

白居易的《聞雷》：

“瘴地風霜早，溫天氣候催。窮冬不見雪，正月已聞雷，震蟄蟲蛇出，驚枯草木開。空餘客方寸，依舊似寒灰。”

另一首《桐花》：

“春令有常候，清明桐始發。何比巴峽中，桐花開十月。豈伊物理變，信是土宜別。地氣反寒暄，天時倒生殺。草木堅强物，所稟固難奪。風候一參差，榮枯遂乖刺。況吾北人性，不耐南方熱。强羸壽夭間，安得依時節。”

不但描寫了油桐的生態，還反映了北方人對華中氣候的感受。

11　據說此詩為白居易的成名之作。當時官居著作郎，後來隱茅山以終的顧況，曾甚讚賞此詩，代為吹噓。尤袤的《全唐詩話》：“樂天未冠，以文謁顧況，況睹姓名熟視曰：長安米貴，居大不易。及披卷讀其芳草詩，至野火燒不盡，春風吹又生。歎曰：我謂斯文遂絕，今復得子矣。前言戲之耳。”

12　原詩名《泊船瓜洲》，只有四句：“京口瓜洲一水間，鍾山只隔數重山。春風又綠江南岸，明月何時照我還？”

樊晃《南中感懷》：

“南路蹉跎客未回，常嗟物候暗相催。四時不變江頭草，十月先開嶺上梅。”

姚倫《感秋林》的頭尾四句：

“試向疏林望，方知節候殊。……霜風與春日，幾度遣榮枯。”

花木的萌芽抽青，候鳥的活動啼鳴，指示着物候的變遷。楊柳因為分佈地區廣，抽青季節早，常被選為初春的代表，故詩中提到楊柳的極多。李商隱有一首寫柳的詩：

“江南江北雪初消，漠漠輕黃惹嫩條。灞岸已攀行客手，楚宮先騁舞姬腰。清明帶雨臨官道，晚日念風拂野橋。如線如絲正牽恨，王孫歸路一何遙。”

白居易的《魏王堤》，頗可補充此點：

“花寒懶發鳥慵啼，信馬閒行行日西。何處未春先有思，柳條無力魏王堤。”

李益的《臨滹沱見蕃使》：

“漢南春色到滹沱，楊柳青青塞馬多。”

但是太乾燥的地方，不可能有楊柳的。王之渙的

“羌笛何須怨楊柳，春風不度玉門關。”

意思是說玉門關以西的地區，因為春風吹不到，雨水稀少，除綠洲及天山山谷等少數地點外，絕少楊柳，故無須埋怨。

燕子、杜鵑、布谷、黃鸝之類，都是著名的候鳥，也常在詩中被提到。陸游晚年從五十多歲到八十多歲都在故鄉紹興居住，他留心國事，也注意物候。他的《夜歸》詩說：

> "今年寒到江鄉早，未及中秋見雁飛。八十老翁頑似鐵，三更風雨采菱歸。"

他的另一首《鳥啼》：

> "野人無曆日，鳥啼知四時；二月聞子規，春耕不可遲；三月聞黃鸝，幼婦憫蠶饑；四月鳴布谷，家家蠶上簇；五月鳴雅舅，苗稚壓草茂。……"

足見他平時留心物候，可用來報導農時，不必曆書。杜甫的《杜鵑》：

> "西川有杜鵑，東川無杜鵑；涪萬無杜鵑，雲安有杜鵑。"

雖不一定是好詩，卻道出了四川盆地杜鵑分佈的區域差異。他在四川住過頗長的一個時期，這是親身觀察的結果，應具備若干參考價值。

山地與平原氣候不同，季節有異。就氣溫的垂直變化說，大致海拔每上升二百米，氣溫要下降攝氏一度。因此高山的物候，總較鄰近的平地為遲，花開得遲，農作物成熟遲。唐宋的詩人，早就注意到此一現象。白居易在九江時，曾於元和十二年四月九日（817 年 4 月 28 日）寫過一首《遊廬山大林寺》的詩：

“人間四月芳菲盡，山寺桃花始盛開。長恨春歸無覓處，不知轉入此中來。”

廬山大林寺海拔約 1,150 米，估計平均氣溫要比山下低攝氏五度，春天的物候可能比山下遲二十來天。此外宋之問的《寒食陸渾別業》，也提到

“洛陽城裏花如雪，陸渾山中今始發。”

意義相似。

南方和北方的氣候不同，黃河流域的人到長江流域作官，已感覺到此中差異；那些被放逐到嶺南的，感受就更深刻了。柳宗元貶柳州刺史時所作的《柳州二月榕葉落盡偶題》：

“宦情羈思共淒淒，春半如秋意轉迷；山城過雨百花盡，榕葉滿庭鶯亂啼。”

大意是說陰曆二月在中原應該是桃李爭春的季節，但柳

州所最常見的榕樹，卻在此時紛紛落葉，黃鶯亂啼；使人迷惑這究竟是春天還是秋天！

秦嶺在地理上是黃河和長江的分水嶺，在氣候上是溫帶和亞熱帶的界限；許多亞熱帶的植物，例如竹子和柑橘樹等，只宜在秦嶺以南生長[13]。蘇軾有一次在從陝西寶鷄回四川的途中，寫了一首《詠石鼻城》的詩，其中有

"漸入西南風景變，道旁修竹水潺潺"

兩句，表示其地已在秦嶺之南。白居易在元和十年 (815) 從長安到九江，作了一首《潯陽三題》：

"潯陽十月天，天氣仍濕燠；有霜不殺草，有風不落木……吾聞晉汾間，竹少重如玉。"

蘇軾初到廣東惠州時，所詠的《惠州一絕》，說是：

"羅浮山下四時春，盧橘楊梅次第新。日啖荔枝三百顆，不妨長作嶺南人。"

不同時代的詩人在不同地點所詠的詩，如果能把它們串連起來分析，有時也能看出一項全面的事實。中國的梅雨季節，是從南方逐漸向北推移。柳宗元的《梅雨》：

13 可能會有少數的例外，如果秦嶺以北生長竹子和柑橘，也只限於一些受到適當地形掩護而且有良好局部氣候的地方。

“梅熟迎時雨，蒼茫值小春。”

指出柳州一帶的梅雨季節發生在小春，也就是陰曆三月。杜甫的《梅雨》：

“南京犀浦道，四月熟黃梅。”

指出成都一帶的梅雨期在陰曆四月（唐安史亂後一度改稱成都為南京）。而蘇軾在湖州作的《舶䑲風》：

“三時已斷黃梅雨，萬里初來舶䑲風。”

意思說黃梅雨過後，東南季候風就盛吹了。這裏的三時指夏至節後十五天，也就是陰曆五月；説明江南太湖流域，要到五月才過梅雨期。這和我國現在梅雨期推移的實際情況，完全符合。

㈤

人口、民族、農村

唐代在天寶十三年（754）時，全國有321個郡，1,538個縣，16,829個鄉；共計9,619,254戶，52,880,488人。而實際的全國人口數，可能還要多些。經過安史之亂，繼以長期混戰，人口大減，農村殘破。《舊唐書》卷一二〈德宗紀〉：

"（建中元年，公元780年）是歲，戶部計帳，戶數三百八萬五千七十六。"

只及天寶十三年的三分之一。同書〈憲宗紀〉：

"（元和）二年（807）十二月己卯，史官李吉甫撰《元和國計簿》，總計天下方鎮凡四十八，管州府二百九十五，縣一千四百五十三，戶二百四十四萬二百五十四，其鳳翔、鄜坊、邠寧、振武、涇原、銀夏、靈鹽、河東、易定、魏博、鎮冀、范陽、滄景、淮西、淄青十五道，凡七十一州，不申戶口。每歲賦入倚辦，止於浙江東西、宣歙、淮南、江西、鄂岳、福建、湖南等八道，合四十九州，一百四十四萬戶，比量天寶供稅之戶，則四分有一。"

同書〈穆宗紀〉：

"是歲（長慶元年，公元821年），天下戶計二百三十七萬五千八百五，口一千五百七十六萬二千四百三十二。"

同書〈文宗紀〉：

"（開成二年，公元837年）戶部侍郎、判度支王彥威進所撰《供軍圖》，略序曰：至德、乾元之後，迄於貞元、元和之際，天下有觀察者十，節度二十有九，防禦者四，經略者三。掎角之師，犬牙相制，大都通邑，無不有兵，約計中外兵額至八十餘萬。長慶戶口凡三百三十五萬，而兵額又約九十九萬，通計三戶資奉一兵。”

這些統計數字，雖未必準確，但亂後人口的鋭減則是事實，而且減少得很厲害；長久不見有轉機，直到王朝毀滅！唐詩中有不少描寫農村殘破、人口減少的詩。李商隱的《行次西郊作一百韵》：

“高田長槲櫪，下田長荆榛。農具棄道旁，饑牛死空墩。依依過村落，十室無一存。”

元結《舂陵行》的詩序：

“癸卯歲漫叟授道州刺史，道州舊四萬餘戶，經賊已來，不滿四千，大半不勝賦稅。……”

杜甫著名的長詩《無家別》，是安史亂後地方殘破的很好寫照，深刻地描繪了東都洛陽一帶田園荒蕪、人烟絕滅的悲慘景色，而且指出遠近的情況也差不多。這對於唐代地理的重建，有一定的參考價值。原詩是：

“寂寞天寶後，園廬但蒿藜。我里百餘家，世亂各東西。存者無消息，死者為塵泥。賤子因陣敗，歸來尋舊蹊。久行見空巷，日瘦氣慘悽。但對狐與狸，豎毛怒我啼。四鄰何所有？一二老寡妻。夜鳥戀本枝，安辭且窮棲？方春獨荷鋤，日暮還灌畦。縣吏知我至，召令習鼓鞞。雖從本州役，內顧無所攜。近行止一身，遠去終轉迷。家鄉既蕩盡，遠近理亦齊。永痛長病母，五年委溝谿。生我不得力，終身兩酸嘶。人生無家別，何以為蒸黎？”

杜甫《憶昔二首》第二首的頭八句：

“憶昔開元全盛日，小邑猶藏萬家室；稻米流脂粟米白，公私倉廩俱豐實。九州道路無豺虎，遠行不勞吉日出；齊紈魯縞車班班，男耕女桑不相失。”

亂後卻變成了慘絕人寰的景象，杜甫的《三絕句》之一說：

“二十一家同入蜀，唯殘一人出駱谷；自說二女齧臂時，迴頭卻向秦雲哭。”

另一首《征夫》的前四句：

“十室幾人在，千山空自多；路衢唯見哭，城市不聞歌。”

當時的戰亂，主要發生在北方，華中較少；故北方破壞特甚，人口減少最厲害；用“十室九空”來形容，並不為過。

南方所受影響小，因北人南移，人口有局部增加現象。

盛唐以後的社會風氣，凡是不愁穿、吃的閒男閒女，很多都想求仙訪道，遁世出家，過隱逸的生活。玄宗在中年以後迷信神仙符籙，着意漁色享受，政權落入小人手裏，有見識的人不安於位，都要潔身退隱。社會普遍好酒，唐詩中充滿了酒氣。王安石批評李白的作品："詩詞十句，九句言婦人、酒耳。"經過較長時期的太平之後，人民忘習武事；州縣兵器生銹。安祿山在天寶十四年（755）十一月起兵叛亂，十二月就攻佔東都洛陽，其間僅三十三天。第二年六月攻破潼關，玄宗匆忙向四川逃奔，李唐一百四十年的統治，從最高峰一下子跌了下來，幾乎亡國，一蹶不振。

安史之亂為時八年，黃河中下游流域受到極大破壞。亂後全國人口只剩 1,790 萬，比天寶十三年減少了近十分之七。唐王朝雖然保存了，但聲勢已大不如前。李白《扶風豪士歌》有幾句：

> "洛陽三月飛胡沙，洛陽城中人怨嗟；天津流水波赤血，白骨相撐如亂麻。"

描寫了天寶十五年三月洛陽被安祿山侵佔時的慘象，其中天津是指天津橋。

唐朝末年軍閥的混戰，對人民的傷害也極大，特別是北方。例如昭宗光化二年（899）三月，朱溫答應魏州羅紹威之請，出兵救助，反擊幽州的劉仁恭父子。《舊唐書》卷二〇〈昭宗紀〉記載：

"三月，朱全忠遣大將張存敬率師援之，屯於內黃。葛從周自邢、洺率勁騎八百入魏州。燕將劉守文、單可及聞汴軍在內黃，引軍往擊之。存敬設伏內黃東，大敗燕軍，俘斬三萬，生擒單可及。劉守文以餘衆還魏州，為存敬、從周所乘，燕軍復敗，仁恭父子僅免。汴魏合兵躡之，趙人復邀之東境，自魏至滄五百里間，僵死相枕。"

《舊唐書》卷二〇〈昭宗紀〉：

"乾寧元年（894）春正月，鳳翔李茂貞來朝，大陳兵衛，獻妓女三十人，宴之內殿，數日還藩。時茂貞有山南梁、洋、興、鳳、岐、隴、秦、涇、原等十五餘郡，甲兵雄盛，凌弱王室，頗有問鼎之志。……五月甲子，李茂貞、王行瑜、韓建等各率精甲數千人入覲，京師大恐，人皆亡竄，吏不能止。……七月丙辰朔，李克用舉軍渡河，以討王行瑜、李茂貞、韓建等稱兵詣闕之罪。庚申，同州節度使王行實棄郡入京師，謂兩軍中尉駱全瓘、劉景宣曰：'沙陀十萬至矣，請奉車駕幸邠州，且有城守。'時景宣附鳳翔。癸亥夜，閹豎與劉景宣子繼晟，同州王行實縱火剽東市，請上出幸。……其日晚，幸莎城鎮。京師士庶從幸者數十萬，比至南山谷口，暍死者三之一。至暮，為盜寇掠，慟哭之聲，殷動山谷。”

北宋大詩人梅堯臣的《小村》，描寫當時淮河地區窮苦荒涼的情景，對殘破的籬笆、寒鷄、斷纜、枯桑寫得很逼真。原詩是：

“淮闊洲多忽有村，棘籬疏敗謾為門；寒鷄得食自呼伴，老叟無衣猶抱孫。野艇鳥翹唯斷纜，枯桑水嚙只危根。嗟哉生計一如此，謬入王民版籍論！”

王安石的《後元豐行》，描寫了元豐年間江南農村的歡樂，完全是另外一幅景象。當時王安石的新法，推行已經十多年，農業生產得到較大的發展，江南更是欣欣向榮。

“歌元豐，十日五日一雨風。麥行千里不見土，連山沒雲皆種黍。水秧綿綿復多稌，龍骨長乾掛梁梠。鰣魚出網蔽洲渚，荻笋肥甘勝牛乳，百錢可得酒斗許。雖非社日長聞鼓，吳兒踏歌女起舞，但道快樂無所苦。老翁塹水西南流，楊柳中間杙小舟，乘興欹眠過白下，逢人歡笑得無愁。”

楊萬里（1124-1206）是南宋傑出的詩人，和范成大、陸游、尤袤齊名。他一共寫過兩萬多首詩（陸游寫過一萬六千首），但只有少數留下來。他的詩淺近通俗，下邊是描寫農民集體勞動生活的兩首。

《插秧歌》：

“田夫拋秧田婦接，小兒拔秧大兒插。笠是兜鍪蓑是甲，雨從頭上濕到胛。喚渠朝餐歇半霎，低頭折腰只不答。秧根未牢蒔未匝，照管鵝兒與雛鴨。”

《圩丁詞二首》的第一首：

“年年圩長集圩丁，不要招呼自要行。萬杵一鳴千畚土，大呼高唱總齊聲。”

河西走廊因交通位置重要，灌溉農業發達，地方原甚繁榮，亂後也衰落了，不久且被吐蕃侵佔。元稹《西涼伎》的頭四句，道出了此一事實：

“吾聞昔日西涼州，人烟撲地桑柘稠；葡萄酒熟恣行樂，紅艷青旗朱粉樓。……”

唐代的人口之中，胡人佔有頗高的比例，特別是在邊區。太平歲月，彼此相處融洽；戰亂一起，就可能磨擦鬥爭。崔顥《雁門胡人歌》的前四句：

“高山代郡東接燕，雁門胡人家近邊。解放胡鷹逐塞鳥，能將代馬獵秋田。”

岑參的《涼州館中與諸判官夜集》，也說到

"涼州七里十萬家，胡人半解彈琵琶。"[14]

張籍的《隴頭行》：

"隴頭路斷人不行，胡騎夜入涼州城。漢兵處處格鬥死，一朝盡沒隴西地。驅我邊人胡中去，散放牛羊食禾黍。去年中國養子孫，今着氈裘學胡語。誰能更使李輕車，收取涼州入漢家。"

司空圖《河湟有感》：

"一自蕭關起戰塵，河湟隔斷異鄉春。漢兒盡作胡兒語，卻向城頭罵漢人。"

據《舊唐書》卷四〇〈地理志〉，河西走廊涼州首縣在天寶年間有漢人22,462戶，120,281口；另有吐渾、契苾、思結等少數民族，寄居涼州界內，共有5,048戶，17,212口，漢胡人口約成7與1之比。

中國自古為多民族國家，境內有很多民族，有些人數且不少。邊區的少數民族，在古代普遍被視為蠻夷。旅行廣遠的詩人，特別是流放邊區的，像柳宗元和劉禹錫等，一則由於新奇，二則出乎同情，曾寫過若干有關少數

---

14 此處"七里"一作"七城"。按當時涼州只轄五縣，並非七縣。而《元和郡縣表》記載涼州城南北七里，東西三里。故應以七里為是，足見涼州城人口之多。

民族的詩篇。

柳宗元的《柳州峒氓》：

"郡城南下接通津，異服殊音不可親。青箬裹鹽歸峒客，綠荷包飯趁虛人。鵝毛禦臘縫山罽，雞骨占年拜水神。愁向公庭問重譯，欲投章甫作文身。"

除了很生動地描寫了當地土著的生活情況外，在趁虛人的注裏，也比較明白地說出了"墟"字的可能來源。他引《青箱紀錄》：

"嶺南人呼市為虛。蓋市之所在，有人（逢趁墟日）則滿，無人則虛。而嶺南村市，滿時少，虛時多，故謂之虛。"

劉禹錫在連州時，寫過一首《插田歌》，描寫瑤族插田的情形，詩序說：

"連州城下，俯接村墟，偶登郡樓，適有所感，遂書其事為俚歌，以俟采詩者。"

我現在把原詩抄錄如下：

"岡頭花草齊，燕子東西飛；田塍望如線，白水光參差。農婦白紵裾，農父綠蓑衣；齊唱郢中歌，嚶儜如竹枝。但聞怨響音，不辨俚語詞；時時一大笑，此必相嘲嗤。水平苗漠漠，烟火生墟落；黃犬往復還，赤鷄鳴且啄。”

此外張籍的《崑崙兒》，則描寫當時廣、交一帶所見的小黑人；現在不再有了：

“崑崙家住海中州，蠻客將來漢地遊。言語解教秦吉了，波濤初過鬱林洲。金環欲落曾穿耳，螺髻長卷不裹頭。自愛肌膚黑如漆，行時半脫木綿裘。”

在太平歲月裏，中國農村生活原很樸實、寧靜。試看王維的《渭川田家》，多麼富有人情味：

“斜陽照墟落，窮巷牛羊歸。野老念牧童，倚杖候荊扉。雉雊麥田秀，蠶眠桑葉稀。田夫荷鋤立，相見語依依。即此羨閒逸，悵然歌式微。”

王維晚年的氣質，有點與陶潛相似，很能欣賞田園的自然風趣。

白居易任盩厔縣（今陝西省周至）尉時，寫過一首《觀刈麥》的詩，感歎農村生活的辛勞，租税負擔的沉重。我對白居易的好印象，似乎從這首詩開始。此詩還告訴我們，當時縣尉的待遇是每年三百石，折合十八噸米[15]。

15 編者按：漢代三十斤為鈞，四鈞為石，一石為一百二十斤，則三百石為三萬六千斤，即十八噸。

"田家少閒月，五月人倍忙；夜來南風起，小麥覆隴黃。婦姑荷簞食，童稚攜壺漿；相隨餉田去，丁壯在南岡。足蒸暑土氣，背灼炎天光；力盡不知熱，但惜夏日長。復有貧婦人，抱子在其傍；右手秉遺穗，左臂懸敝筐。聽其相顧言，聞者為悲傷；家田輸稅盡，拾此充飢腸。今我何功德，曾不事農桑；吏祿三百石，歲宴有餘糧。念此私自愧，盡日不能忘。"

白居易另外一首叫做《朱陳村》的長詩，描寫徐州豐縣的一個農村。這座村子只有朱、陳二姓，生活融和，因此壽命很長，往往五代同堂，值得詩人羨慕。該詩的前三十二句是：

"徐州古豐縣，有村曰朱陳；去縣百餘里，桑麻青氛氳。機梭聲札札，牛驢走紜紜；女汲澗中水，男采山上薪。縣遠官事少，山深人俗淳；有財不行商，有丁不入軍。家家守村業，頭白不出門；生為村之民，死為村之塵。田中老與幼，相見何欣欣；一村唯兩姓，世世為婚姻。親疏居有族，少長遊有羣；黃鷄與白酒，歡會不隔旬。生者不遠別，嫁聚先近鄰；死者不遠葬，墳墓多繞村。既安生與死，不苦形與神；所以多壽考，往往見玄孫。"

淮河流域不論在氣候上或文化上，都是我國南北的過渡地帶，在較早的時期，常成為兵家爭奪的對象，戰禍甚多。黃河侵奪淮河下游後，洪水渲泄不暢，每有水患，為害經濟。南宋和金對峙時期，淮河是交界，所受的災難是雙重的。戴復古的《淮村兵後》：

> "小桃無主自開花，烟草茫茫帶晚鴉。幾處敗垣圍故井，向來一一是人家。"

描寫了淮河地區受宋、金戰爭所引致的嚴重破壞，人民亡散，經濟衰退，文化也就相形見絀。在歷史文化地理的分佈圖上，淮河流域常成為中原和江南之間的"低落地帶"或"空白地帶"。

南宋范成大的《石湖居士詩集》卷二十七，有一首長詩或組詩《四時田園雜興六十首》，對蘇州一帶的農村有極好的描寫，可惜太長了，不便抄錄。東南魚米之鄉農村風光的另一面，北宋蘇軾《魚蠻子》的頭四句說是：

> "江淮水為田，舟楫為室居。魚蝦以為糧，不耕自有餘。"

蓮花是湖中的名物，江南所產最多。採蓮工作概由妙齡少女擔任，這就更引起詩人的興趣。李白、王勃、張籍等著名詩人，都詠過採蓮曲，描寫江南婦女採蓮的情景，也可視為江南農村的一項寫照。李白的《採蓮曲》和王勃的《採蓮婦》，有些句子寫得極為綺麗，但所描寫的每和實際有較大差距。李白《採蓮曲》的頭四句是：

"若耶溪邊採蓮女，笑隔荷花共人語。日照新妝水底明，風飄香袖空中舉。"

張籍的《採蓮曲》，可能是同名詩中描寫得最切當的。

"秋江岸邊蓮子多，採蓮女兒凭船歌。青房圓實齊戢戢，爭前競折蕩漾波。試牽綠莖下尋藕，斷處絲多刺傷手。白練束腰袖半卷，不插玉釵妝梳淺。船中未滿度前洲，借問誰家家住遠。歸時共待暮潮上，自弄芙蓉還蕩槳。"

栽桑養蠶為唐代主要衣着來源，可是採桑餵蠶的生活很辛苦。唐彥謙的《採桑女》：

"春風吹蠶細如蟻，桑芽纔努青鴨嘴。侵晨探採誰家女，手挽長條淚如雨。去歲初眠當此時，今歲春寒葉放遲。愁聽門外催里胥，官家二月收新絲。"

描寫唐代農村風俗習慣的詩，我選擇了下面三首，包括社日、賽神和競舟。

"鵝湖山下稻粱肥，豚穽鷄棲對掩扉；桑柘影斜春社散，家家扶得醉人歸。"（張演《社日村居》）

"涼州城外少行人，百尺峰頭望虜塵。健兒擊鼓

吹羌笛，共賽城東越騎神。”（王維《涼州賽神》）

“楚俗不愛力，費力為競舟。買舟俟一競，競斂貧者賕。年年四五月，繭實麥小秋；積水堰堤壞，拔秧蒲稗稠。此時集丁壯，習競南畝頭；朝飲村社酒，暮椎鄰舍牛。祭船如祭祖，習競如習讐；連延數十日，作業不復憂。君侯饌良吉，會客陳膳羞；畫鷁四來合，大競長江流。建標明取舍，勝負死生求；一時讙呼罷，三月農事休。……”（元稹《競舟》）

農村的生活方式，例如引水之法，在唐詩中也可找到。杜甫的《引水》詩，說明了當時夔州一帶居民利用竹筒引水的方法：

“月峽瞿唐雲作頂，亂石崢嶸俗無井；雲安沽水奴僕悲，魚復移居心力省。白帝城西萬竹蟠，接筒引水喉不乾……”

宋代詩人王禹偁《畬田調二首》的第一首：

“大家齊力斸孱顏，耳聽田歌手莫閒。各願種成千百索，豆萁禾穗滿青山。”

描寫了伐林開墾的情況。當時作者在商州，也就是現在陝西省的商縣。畬田是火種田，不必限於畬族分佈地區，開墾時先行伐木，把草木燒成灰作為肥料。

王安石的《元日》，是寫農曆春節的好詩之一。在這一天，人家都興高采烈地迎接新春，希望新春能帶來新的幸福。原詩道：

“爆竹聲中一歲除，春風送暖入屠蘇。千門萬戶曈曈日，總把新桃換舊符。”

江南的開發與繁榮

中國南方的開發，比原先想像的為早；近年考古發掘，證明了此一事實。南方因多大河大湖，水路交通自古發達，漢民族和漢文化沿江而進，最先開發的是水邊低地。

西漢末年的中原大亂，三國前期的北方混戰，東晉的南遷，安史之亂以及女真和蒙古人的壓迫，漢族進行波浪式的大遷移，江南地區得到了較快的開發。到唐代後期，土地開拓進入丘陵低山，原住的少數民族繼續向西南地區撤退，或退避到較高的山地。

溫庭筠《燒歌》詩的前十二句：

> "起來望南山，山火燒山田；微紅久如滅，短焰復相連。差差向岩石，冉冉凌青壁；低隨迴風盡，遠照簷茅赤。鄰翁能楚言，倚插欲潸然；自言楚越俗，燒畬為旱田。"

而曹松的《將入關行次湘陰》詩，也有"燒田雲隔夜山紅"之句。詩人所見燒山的火光，便是土地開拓進入山區的明證。

平地的生產力較高，湖邊的土地灌溉也比較便利，農民開始修圍築圩，和水爭地。杜甫《宿青草湖》的前四句：

> "洞庭猶在目，青草續為名；宿槳依農事，郵籤

報水程。”

隱約說出了洞庭湖東部圍墾的情形。按青草湖在君山之南，實際上是洞庭湖的一部分。

張籍的《江南曲》，描寫了江南水邊居民的生活情況：

“江南人家多橘樹，吳姬舟上織白紵。土地卑濕饒蟲蛇，連木為牌入江住。江村亥日長為市，落帆渡橋來浦裏。青莎覆城竹為屋，無井家家飲潮水。長江午日酤春酒，高高酒旗懸江口。倡樓兩岸懸水柵，夜唱竹枝留北客。江南風土歡樂多，悠悠處處盡經過。”

江南山水之美，也能吸引詩人。唐代詩人有許多讚美江南風景的詩。盧象說：

“吳越山多秀，新安江甚清。”

謝玄暉的《入朝曲》：

“江南佳麗地，金陵帝王州。逶迤帶綠水，迢遞起朱樓。”

韋莊《菩薩蠻》之一的前幾句：

“人人盡說江南好，遊人只合江南老。春水碧於天，畫船聽雨眠。”

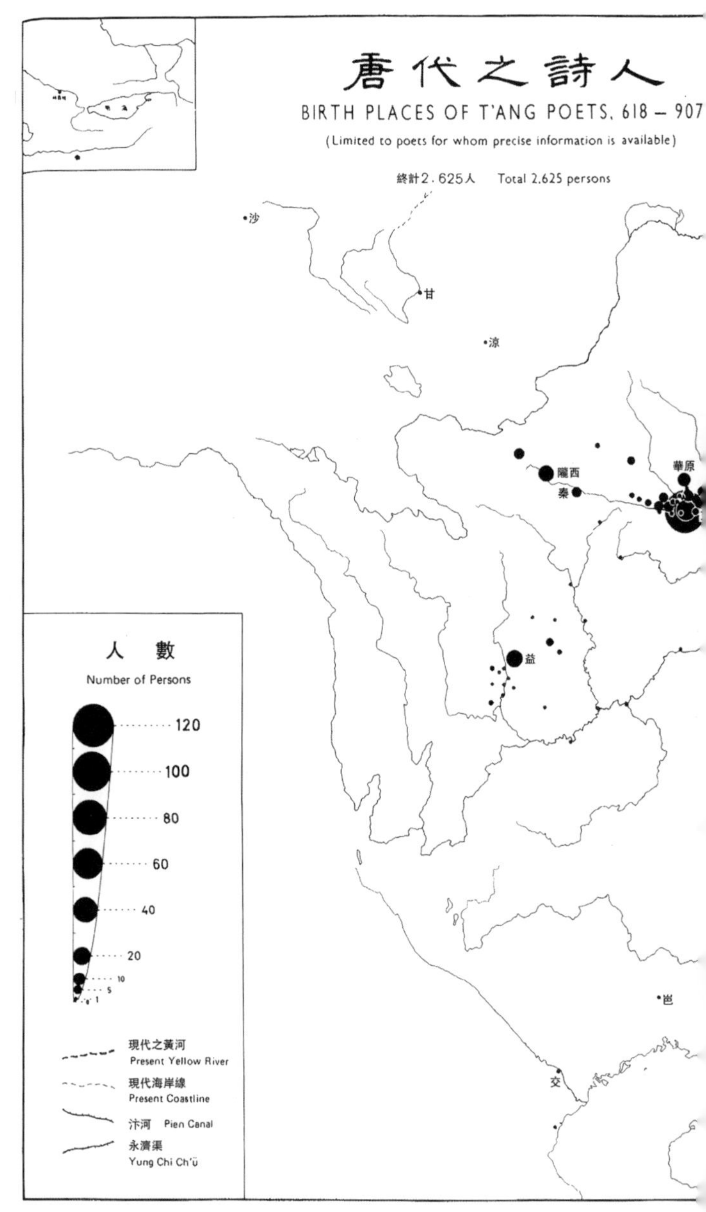
唐代之詩人
BIRTH PLACES OF T'ANG POETS, 618 – 907
(Limited to poets for whom precise information is available)
終計2,625人 Total 2,625 persons
沙
甘
涼
隴西
秦
華原
益
交
邕
人數
Number of Persons
120
100
80
60
40
20
10
5
1
現代之黃河
Present Yellow River
現代海岸線
Present Coastline
汴河 Pien Canal
永濟渠
Yung Chi Ch'ü

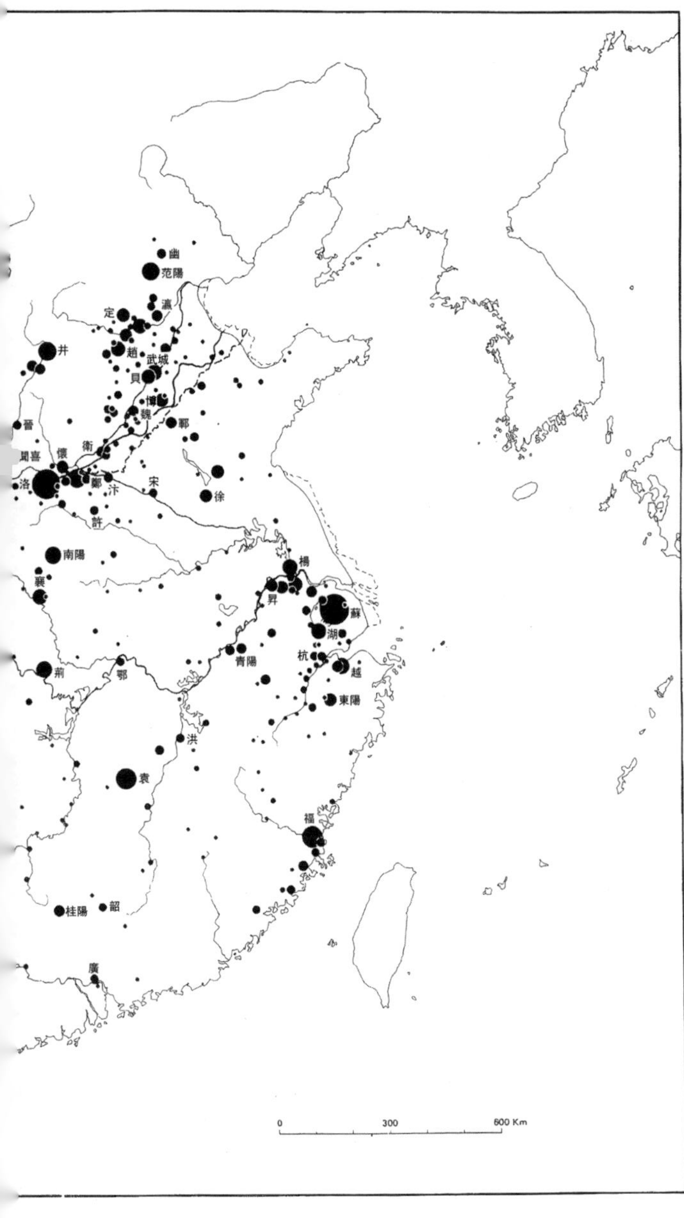
幽
范陽
瀛
定
井
趙
武城
貝
博
魏
鄆
晉
衛
聞喜
懷
洛
鄭
汴
宋
徐
許
南陽
襄
揚
昇
蘇
湖
杭
越
青陽
荊
鄂
東陽
洪
袁
福
桂陽
韶
廣
0
300
600 Km

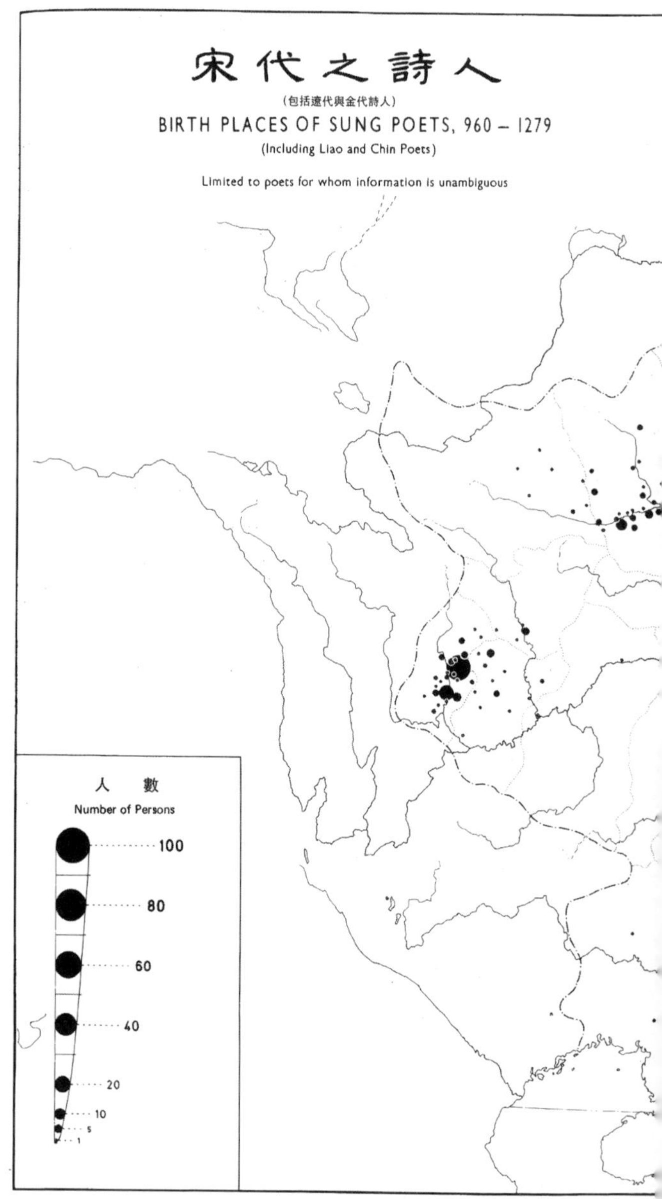
宋代之詩人
(包括遼代與金代詩人)
BIRTH PLACES OF SUNG POETS, 960 – 1279
(Including Liao and Chin Poets)
Limited to poets for whom information is unambiguous
人數
Number of Persons
100
80
60
40
20
10
5
1

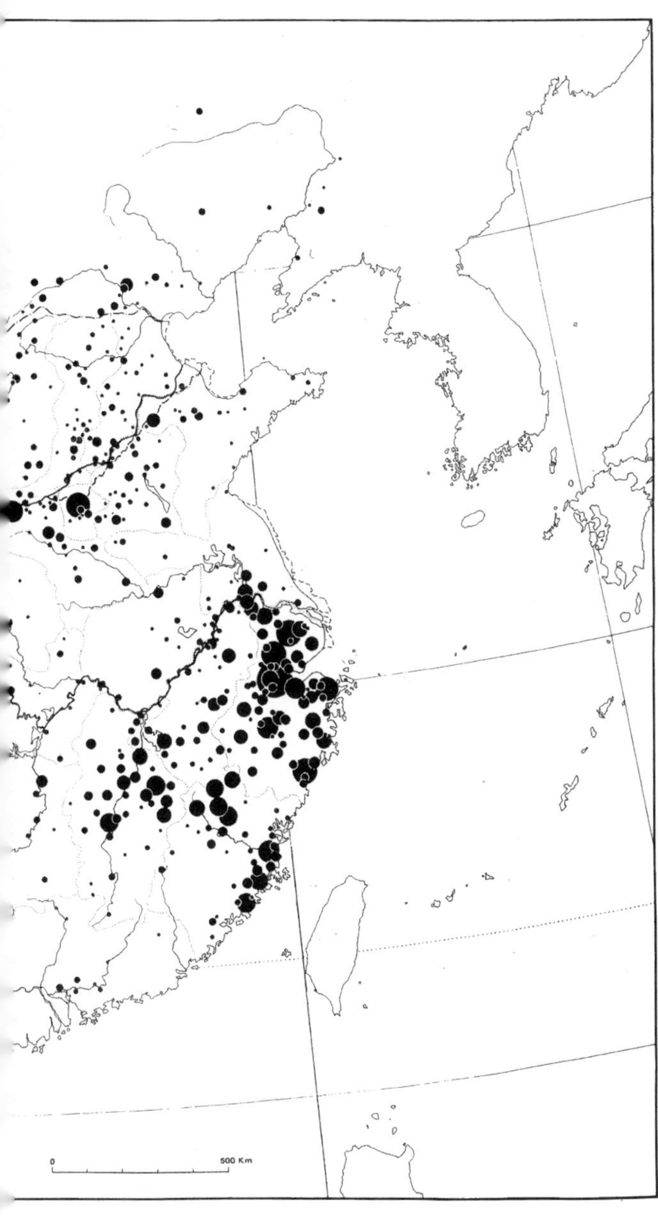
0
500 Km

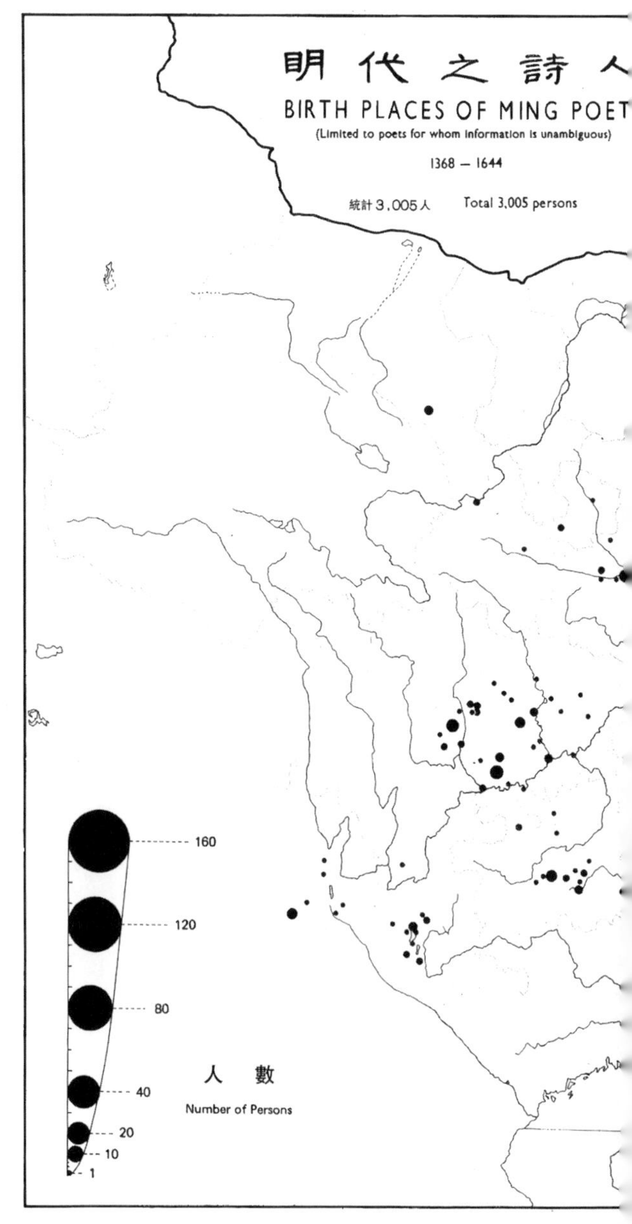

明代之詩人
BIRTH PLACES OF MING POET
(Limited to poets for whom information is unambiguous)
1368 – 1644
統計3,005人
Total 3,005 persons
160
120
80
40
20
10
1
人數
Number of Persons

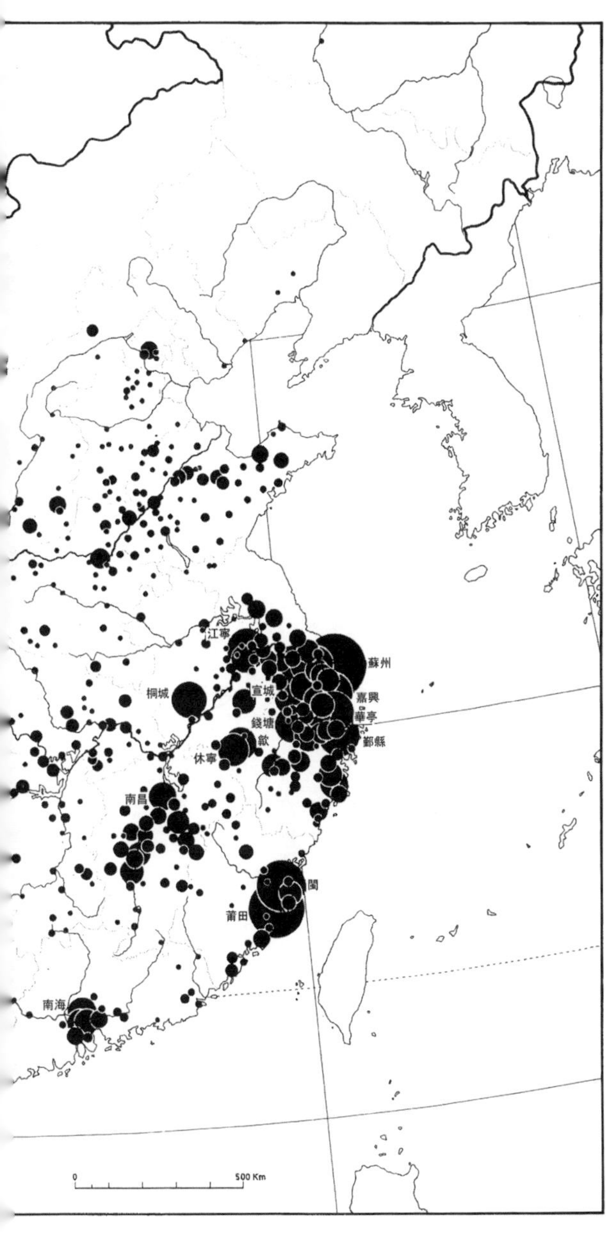
江寧
蘇州
宣城
桐城
嘉興
錢塘
華亭
歙
鄞縣
休寧
南昌
閩
莆田
南海
0
500 Km

又他的《桐廬縣作》：

“錢塘江盡到桐廬，水碧山青畫不如。白羽鳥飛嚴子瀨，綠蓑人釣季鷹魚。潭心倒影時開合，谷口閒雲自卷舒。此境只應詞客愛，投文空市本玄虛。”

陳標的《江南行》：

“水光春色滿江天，蘋葉風吹荷葉錢。香蟻翠旗臨岸市，艷娥紅袖渡江船。曉驚白鷺連翩雪，浪蹙青茭瀲灩烟。不怕江洲茅草暮，待將秋興折湖蓮。”

與崔顥的《舟行入剡》：

“鳴棹下東陽，回舟入剡鄉。青山行不盡，綠水去何長？地氣秋仍濕，江風晚漸涼。山梅猶作雨，谿橘未知霜。謝客文逾盛，林公未可忘。多慚越中好，流恨閱時芳。”

對江南風物有更細膩的描繪。而白居易《憶江南詞三首》：

“江南好，風景舊曾諳。日出江花紅勝火，春來江水綠如藍，能不憶江南。江南憶，最憶是杭州。山寺月中尋桂子，郡亭枕上看潮頭，何日更重遊？”

陳堯佐的《吳江》：

“平波渺渺烟蒼蒼，菰蒲纔熟楊柳黃。扁舟繫岸不忍去，秋風斜日鱸魚鄉。”

又如范成大的《橫塘》，也是描寫江南春色的一首好詩：

"南浦春來綠一川，石橋朱塔兩依然。年年送客橫塘路，細雨垂楊繫畫船。"

江南風景好是早就存在的，但經過詩人的歌詠才有了名氣！唐代交通方便，詩人喜愛遊玩。非但到過江南的詩人很多，且有不少著名詩人在江南長期作官，白居易、元稹、劉禹錫等皆在江南作過刺史。他們原先看厭了北方單調的景觀，現在見到江南優美的風物，自然喜不自勝，要作詩歌頌了。《舊唐書》卷一六六〈元稹傳〉：

"在郡二年（指貶同州刺史），改授越州刺史，兼御史大夫、浙東觀察使。會稽山水奇秀，稹所辟幕職，皆當時文士，而鏡湖、秦望之遊，月三四焉。而諷詠詩什，動盈卷帙。副使竇鞏，海內詩名，與稹酬唱最多，至今稱蘭亭絕唱。……凡在越八年。"

元稹曾和裴度同時任宰相，出鎮浙東時，他的好朋友白居易正在杭州作刺史；杭越毗鄰，時常唱和，利用竹筒傳遞。白居易《答微之誇越州州宅》：

"賀上人回得報書，大誇州宅似仙居。厭看馮翊風沙久，喜見蘭亭烟景初。日出旌旗生氣色，月明樓閣在空虛。知君暗數江南郡，除卻餘杭盡不如。"

和另一首《得湖州崔十八使君書，喜與杭越鄰郡，因成長句代賀兼寄微之》：

“三郡何因此結緣，貞元科第忝同年。故情歡喜開書後，舊事思量在眼前。越國封疆吞碧海，杭城樓閣入青烟。吳興卑小君應屈，為是蓬萊最後仙。”[16]

你看這批同年進士同到江南作地方長官，是何等得意。

白居易《餘杭形勝》的上半段：

“餘杭形勝四方無，州傍青山縣枕湖。遶郭荷花三十里，拂城松樹一千株。”

《早冬》的前四句：

“十月江南天氣好，可憐冬景似春華。霜輕未殺萋萋草，日暖初乾漠漠沙。”

《正月十五日夜月》：

“歲熟人心樂，朝遊復夜遊。春風來海上，明月在江頭。燈火家家市，笙歌處處樓。無妨思帝里，不合厭杭州。”

16　此處的崔十八使君是指崔玄亮，他是山東磁州人，貞元十一年（795）的狀元，十六年又與白居易同科登第，十九年拔萃科與白居易、元積同時登第，實為雙料同年。《舊唐書》一六五本傳說他：“性雅淡，好道術，不樂趨競，久遊江湖。至元和初，因知己薦達入朝。再遷監察御史，轉侍御史。出為密、湖、曹三郡刺史。”詩題說兼寄微之，是因為元積曾寄一首《以州宅夸於樂天》，原詩道：“州城迴遶拂雲堆，鏡水稽山滿眼來。四面常時對屏障，一家終日在樓台，星河似向檐前落，鼓角驚從地底迴。我是玉皇香案吏，，謫居猶得住蓬萊。”

以及《湖上招客送春汎舟》：

> “欲送殘春招酒伴，客中誰最有風情。兩瓶箬下新開得，一曲霓裳初教成（原注：時崔湖州寄新箬下酒來，樂妓按霓裳羽衣曲初畢）。排比管弦行翠袖，指麾船舫點紅旗。慢牽好向湖心去，恰似菱花鏡上行。”

反映出當時的杭州，已經相當繁榮了。

就因為江南好，所以白居易杭州刺史任滿，回東都洛陽作了一會京官後，第二年就又外放作蘇州刺史了。他在杭州刺史任內，曾修築錢塘湖堤（後稱白堤），貯水以防天旱，故在《別州民》一詩的最後兩句：

> “唯留一湖水，與汝救凶年。”

《留題郡齋》的最後兩句：

> “更無一事移風俗，唯化州民解詠詩。”

對江南文風的轉盛作出了一定的貢獻。他很迷戀西湖，《西湖留別》的最後兩句：

> “處處回頭盡堪戀，就中難別是湖邊。”

長住杭州的人，誰對西湖不留戀呢？我 1936 年夏天離別杭州時，也曾同朋友騎脚踏車在西湖的湖邊兜了一週。1976 年 8 月再遊杭州，所住的杭州飯店就在白堤的頂頭，每晚必在湖邊漫步、獨坐、沉思。

白居易在蘇州，又作了許多詩；當然也教蘇州人作詩。他的《郡中西園》：

“閒園多芳草，春夏香靡靡。深樹足佳禽，旦暮鳴不已。院門閉松竹，庭徑穿蘭芷。愛彼池上橋，獨來聊徙倚。魚依藻長樂，鷗見人暫起。有時舟隨風，盡日蓮照水。誰知郡府內，景物閒如此。始悟諠靜緣，何嘗繫遠邇。”

《吳中好風景二首》中的一首：

“吳中好風景，八月如三月。水荇葉仍香，木蓮花未歇。海天微雨散，江郭纖埃滅。暑退衣服乾，潮生船舫活。兩衙漸多暇，亭午初無熱。騎吏語使君，正是遊時節。”

《城上夜宴》：

“留春不住登城望，惜夜相將秉燭遊。風月萬家河兩岸，笙歌一曲郡西樓。詩聽越客吟何苦，酒被吳娃勸不休。從道人生都是夢，夢中歡笑亦勝愁。”

《吳櫻桃》：

“含桃最說出東吳，香色鮮穠氣味殊。洽洽舉頭千萬顆，婆娑拂面兩三株。鳥偷飛處銜將火，人摘爭時蹋破珠。可惜風吹兼雨打，明朝後日即應無。”

《武丘寺路》(原注：去年重開寺路，桃李蓮荷，約種數千株）：

“自開山寺路，水陸往來頻；銀勒牽驕馬，花船載麗人。莰荷生欲徧，桃李種仍新；好住湖堤上，長留一道春。”

唐朝的後期，文化中心也追隨經濟中心遷移到了江南。在所附的三幅地圖中，可明顯地看出此項變遷。當時不但朝廷在財政上要依靠東南支援，而且因為文風大盛，人才也多起來了。唐後期蘇州進士的人數，便超過了長安[17]。德宗朝曾任蘇州刺史的韋應物，寫過一首《郡齋雨中與諸文士燕集》詩，它的後四句：

“吳中盛文史，羣彥今汪洋。方知大藩地，豈曰財賦强。”

白居易《戲和賈常州醉中二絕句》的頭兩句：

“聞道毗陵詩酒興，近年積漸學姑蘇。”

另一首忘題的詩：

“吳中多詩人，亦不少酒酤；高聲詠篇什，大笑

17　據筆者研究，唐代前期（安史亂前）的進士，有籍貫可查者 275 人，其地理分佈偏集中原。後期 713 人，分佈東南的人數已超過中原。蘇州的進士，前期僅得 3 人，後期增至 44 人，超過了長安，詳見下表：

	長安	洛陽	河東	蘇州	袁州	福州
前期（618-755）	23	16	9	3	1	0
後期（756-907）	41	20	24	44	24	26

飛杯盂。”

除了長安和洛陽等少數幾個大城市外，這時中原鄉村多甚荒涼，和江南比擬更相形見絀。白居易從杭州回洛陽，經汴河眼見沿岸蕭條，寫過一首《茅城驛》：

“汴河無景思，秋日又淒淒。地薄桑麻瘦，村貧屋舍低。早苗多間草，濁水半和泥。最是蕭條處，茅城驛向西。”

蘇州刺史任滿，回到洛陽分司東都，但不久白居易又想東遊江湖，他的《想東遊五十韻》長詩，描寫了江南的太平富庶，城廓雄偉，交通便利，風景優美。這首詩道：

“海內時無事，江南歲有秋；生民皆樂業，地主盡賢侯。郊靜銷戎馬，城高逼斗牛。平河七百里，沃壤二三州。坐有湖山趣，行無風浪憂。食寧妨解纜，寢不廢乘流。泉石諳天竺，烟霞識虎丘。”

另外一首《白蓮池汎舟》：

“白藕新花照水開，紅窗小舫信風迴。誰教一片江南興，逐我慇懃萬里來。”

更充分流露大詩人對江南的懷念和留戀！

七

交通與旅遊

唐代的水陸交通，都很發達，人民的流動性很大，特別是知識分子。他們趕科場要行遠路，有的一生赴試數十次；作官調動要旅行；貶謫流放要旅行；探親訪友要旅行，逃難與參戰要旅行，告老回家要旅行。李翱就任嶺南節度使的判官，一直從洛陽走到廣州。李白出生在中亞邊城碎葉，少年時代多住在四川，成年之後到處亂跑，(參閱詩人李白旅行路線圖，見拙著《中國歷史文化地理圖冊》)，晚年留戀東南山水。儘管他曾歎息蜀道難，但從關中到四川盆地只好翻山越嶺，雖言險阻難行，必要時不得不走，連皇帝也不例外。

"亂峰連疊嶂，千里綠峨峨；蜀國路如此，遊人車亦過。"（于武陵《斜谷道》的前四句）

"山嶺千重擁蜀門，成都別是一乾坤。五丁不鑿金牛路，秦惠何由得併吞？"（胡曾《金牛驛》）

當時驛道四通八達，全國有驛站 1,639 所；其中陸驛 1,297 所，水驛 260 所，水陸相兼 86 所。驛與驛之間，平均相距三十里。驛道碰到河流，如果水面廣闊不便造橋，則設置渡頭，稱之為津，黃河中下游沿岸就有許多以"津"為名之地。重要交通線的會合點，由於商業發展，形成較大的都市。從長安到洛陽的驛道，為全國陸上交通的軸心。白居易的《從陝至東京》詩，對這一段路程有很生動的描寫：

“從陝至東京，山低路漸平。風光四百里，車馬十三程。花共乘鞭看，杯多並轡傾，笙歌與談笑，隨分自將行。”

從長安到長江中游谷地，多走藍田道，越過秦嶺東段，轉循漢水南下。白居易貶江州司馬，便由此一路線到潯陽（今九江市）。他在《初出藍田路作》的詩裏，描寫了騎馬走山路的困難：

“停驂問前路，路在秋雲裏。蒼蒼縣南道，去途從此始。絕頂忽上盤，衆山皆下視。下視千萬峰，峰頭如浪起。朝經韓公坡，夕次藍橋水。潯陽近四千，始行七十里。人煩馬蹄跙，勞苦已如此。”

循太行山東麓北上，是長安通幽燕的大道；但如經河東穿過太行山，則山路崎嶇。漢魏詩人，詠太行的詩不少。曹操《苦寒行》詩的前十句：

“北上太行山，艱哉何巍巍！羊腸坂詰屈，車輪為之摧，樹木何蕭瑟，北風聲正悲！熊羆對我蹲，虎豹夾路啼。谿谷少人民，雪落何霏霏！”

“天冷日不光，太行峰蒼莽；嘗聞此中險，今我方獨往。馬蹄凍且滑，羊腸不可上；若比世路難，猶

自平於掌。”（白居易《初入太行路》）

都充分道出了太行山山路的艱險難行。

汴河是古代聯繫黃河和長江的主要水路，漕運的大動脈；東南接濟中原的糧食，皆賴汴河運輸。李敬方的《汴河直進船》：

“汴水通淮利最多，生人為害亦相和；東南四十三州地，取盡脂膏是此河。”

“千里長河初凍時，玉珂瑤珮響參差。浮生卻似冰底水，日夜東流人不知。”（杜牧《汴河阻凍》）。

汴河在淮河以北，因為水淺，比較容易冰凍。這首詩指出汴河在嚴冬是要結冰的；但只限於表面，冰下的水仍日夜向東南流。

“家住孟津河，門對孟津口。常有江南船，寄書家中否？”（王維《雜詩三首》之一）

這說明唐代黃河在孟津一帶是通航的，循汴河運來的糧食，一部分轉入黃河，溯黃河經三門峽西運。因為時常有到江南去的船，才問起要不要託帶家書。胡曾的詠史詩，是用一百五十個地名來寫各該地的突出史事，他描寫《孟津》：

“秋風颯颯孟津頭，立馬沙邊看水流。見說武王東渡日，戎衣曾此叱陽侯。”

“揚子江頭楊柳春，楊花愁殺渡江人。數聲風笛離亭晚，君向瀟湘我向秦。”

這是吳興詩人周朴的《淮上與友人別》詩，指出當時從中原到湖南，如果行李笨重或不慣陸騎，還是要循汴河再轉走長江的。

李白《題瓜州新河餞族叔舍人賁》一詩的頭四句：

“齊公鑿新河，萬古流不絕。豐功利生民，天地同朽滅。”

形容了齊澣開鑿揚州南瓜州浦的伊婁河。《舊唐書》卷一九〇〈齊澣傳〉：

“(開元二十五年)遷潤州刺史。潤州北界隔吳江，至瓜步沙尾紆匯六十里，船繞瓜步多為風濤之所漂損。澣乃移其漕路於京口塘下，直渡江二十里。又開伊婁河，二十五里即達揚子縣。自是免漂損之災，歲減脚錢數十萬，……迄今利濟焉。”

遠在唐宋時代，長江對我國東西交通就起頗大作用，而三峽則為長江中上游航運之頸。杜甫《夔州歌十絕句》第七首：

“蜀麻吳鹽自古通，萬斛之舟行若風；長年三老長歌裏，白晝攤錢高浪中。”

說明四川盆地和長江三角洲地區，自古就利用水運交換物資，而且船隻的容量頗大。李白的《下江陵》:

“朝辭白帝彩雲間，千里江陵一日還。兩岸猿聲啼不住，輕舟已過萬重山。”

更說明了長江下水船航行的快捷。

由於交通的便利，消息傳遞相當靈通。地方官常以所見所聞，利用詩或書的形式同朋友唱和，這就傳播了地理知識。譬如元稹被貶為通州司馬，就曾把他到今天四川達縣後的觀感告訴白居易。這可從白居易《得微之到官後書，備知通州之事，悵然有感因成四章》一詩中得到證明。這首詩的第一段是：

“來書子細說通州，州在山根峽岸頭。四面千重火雲合，中心一道瘴江流。蟲蛇白晝攔官道，蚊蚋黃昏撲郡樓。何罪遣君居此地，天高無處問來由。”

“嘉陵江岸驛樓中，江在樓前月在空。月色滿牀兼滿地，江聲如鼓復如風。”（元稹《江樓月》的前半段）

“江湖分兩路，此地是通津。雲淨山浮翠，風高浪潑銀。人行俱是客，舟住即為鄰。俯仰烟波內，蜉

蟒寄此身。"（唐彥謙《過湖口》）

"寒潮信未起，出浦纜孤舟。一夜苦風浪，自然增旅愁。吳山遲海月，楚火照江流。欲有知音者，異鄉誰可求。"（儲光羲《寒夜江口泊舟》）

古代水上長距離的交通，主賴風帆；沒有風船走不快，風太大了又不敢開行。唐代詩人所寫"阻風"的詩很多，閻寬《松滋江北阻風》的前四句：

"江風久未歇，山雨復相仍；巨浪天涯起，餘寒川上凝。"

"截灣衝瀨片帆通，高枕微吟到剡中。掠草並飛憐燕子，停橈獨飲學漁翁。波濤漫撼長潭月，楊柳斜牽一岸風。便擬乘槎應去得，仙源直恐接星東。"（方干《路入剡中作》）

描寫了曹娥江上游的通航情況。

"嘉陵江色何所似，石黛碧玉相因依；正憐日破浪花出，更復春從沙際歸。巴童蕩槳欹側過，水雞銜魚來去飛；閬中勝事可腸斷，閬州城南天下稀。"（杜甫《閬水歌》）

"導江自海陽，至縣廼瀰迤。狂瀾既奔傾，中流遇鏵嘴。分為兩道開，南灕北湘水。至今舟楫利，楚粵徑萬里。"

這是范成大《鏵嘴》詩的前八句，自注：

> "在興安縣北五里所，秦史祿所作也。迎海陽水，壘石為壇，前銳如鏵，衝水分南北，下為湘灕二水，功用奇偉，余交代李德遠嘗修之。"

此處說鏵嘴為史祿所作是錯誤的。史祿開靈渠在秦代，但鏵嘴卻修建在唐代。《舊唐書》卷一七一〈李渤傳〉，說他在寶曆元年 (825) 出為桂州刺史、兼御史中丞，充桂管都防禦觀察使。《新唐書》一一八〈李渤傳〉：

> "桂有灕水，出海陽山，世言秦命史祿伐粵，鑿為漕，馬援討徵側，復治以通餽；後為江水潰毀，渠遂廞淺，每轉餉，役數十戶濟一艘。渤釃浚舊道，鄣泄有宜，舟楫利焉。"

王建的《水夫謠》，頗能道出唐代驛站驛夫生活的辛苦。按唐代的驛站有陸驛和水驛，這裏描寫的是水驛：

> "苦哉生長當驛邊，官家使我牽驛船；辛苦日多樂日少，水宿沙行如海鳥。逆風上水萬斛重，前驛迢迢後淼淼；半夜緣堤雪如雨，受他驅遣不復去。衣寒衣濕披短蓑，臆穿足裂忍痛何；到明辛苦無處說，齊聲騰達牽船出。一間茅屋何所直，父母之鄉去不得；我願此水作平田，長使水夫不怨天。"

八

城市與城市生活

盛唐的長安，極度繁榮，城牆周圍三十六公里，市區人口超過百萬，為當時全世界最大的城市。街道廣闊，從東到西有十一條平行的大街，每條闊一百五十米；這十一條大街中央的一條，正對皇城的朱雀門，稱為朱雀門街。從南到北有十四條平行的大街，最闊的一條也有一百五十米，最狹的一條為七十米。這些大街把城內分隔成許多方格，除了市場以及部分宮殿，絕大多數都是稱為"坊"的住宅區。唐代中葉，長安共有 110 個坊。商業區集中在東市與西市，每市佔地兩個坊。

京兆詩人秦韜玉的《天街》：

"九衢風景盡爭新，獨占天門近紫辰。寶馬競隨朝暮客，香車爭碾古今塵。烟光正入南山色，氣勢遙連北闕春。莫見繁華衹如此，暗中還換往來人。"

他的另一首詩《豪家》：

"石甃通渠引御波，綠槐陰裏五侯家。地衣鎮角香獅子，簾額侵鉤繡辟邪。按徹清歌天未曉，飲回深院漏猶賒。四鄰池館吞將盡，尚自堆金為買花。"

杜甫的《麗人行》，描寫了長安貴婦人春遊的體態和裝束，這首長詩的頭幾句寫道：

"三月三日天氣新，長安水邊多麗人。態濃意遠淑且真，肌理細膩骨肉勻。繡羅衣裳照暮春，蹙金孔雀銀麒麟。頭上何所有，翠微匐葉垂鬢脣。背後何所見，珠壓腰衱穩稱身。”

位於長安東南角的人工湖曲江，在天寶以前，沿岸滿佈行宮、台殿和百司廨署，奢麗之至。章碣的《曲江》：

“日照香塵逐馬蹄，風吹浪濺幾回堤。無窮羅綺填花徑，大半笙歌佔麥畦。落絮卻籠他樹白，嬌鶯更學別禽啼。祇緣頻燕逢洲客，引得遊人去似迷。”

羅鄴的《長安春雨》，報道了富貴人家的頹廢生活：

“兼風颯颯灑皇州，能滯輕寒阻勝遊，半夜五侯池館裏，美人驚起為花愁。”

孟郊的《長安早春》：

“旭日朱樓光，東風不驚塵。公子醉未起，美人爭探春。探春不為桑，探春不為麥。日日出西園，祇望花柳色。乃知田家春，不入五侯宅。”

也抨擊了這種糜爛的生活。

貫休和尚《少年行三首》的第一首：

“錦衣鮮華手擎鶻，閒行氣貌多輕忽。稼穡艱難總不知，五帝三皇是何物。”

王維《少年行四首》的第一首：

“新豐美酒斗十千，咸陽遊俠多少年。相逢意氣為君飲，繫馬高樓垂柳邊。”

李白《少年行三首》的第二首：

“五陵年少金市東，銀鞍白馬度春風。落花踏盡遊何處？笑入胡姬酒肆中。”

杜甫有《少年行三首》的第三首：

“馬上誰家白面郎，臨階下馬坐人牀。不通姓名粗豪甚，指點銀瓶索酒嘗。”

王建《羽林行》：

“長安惡少出名字，樓下劫商樓上醉。天明下直明光宮，散入五陵松柏中。百回殺人身合死，赦書尚有收城功。九衢一日消息定，鄉吏籍中重改姓。出來依舊屬羽林，立在殿前射飛禽。”

這樣的少年，正是腐敗政權和糜爛社會的產物；少年的精神面貌如此，時代哪能不混亂呢？元和進士李廓，是宰相李程的兒子，大中中作過武寧節度使，由他來描寫長安少年再妥當不過了。他的《長安少年行》長詩，很能道出官家子弟的荒唐生活，茲錄其半數五首。

“金紫少年郎，繞街鞍馬光。身從左中尉，官屬右春坊。剗戴揚州帽，重薰異國香。垂鞭踏青草，來去杏園芳。”

“追逐輕薄伴，閒遊不著緋。長攏出獵馬，數換打毬衣。曉日尋花去，春風帶酒歸。青樓無晝夜，歌舞歇時稀。”

“日高春睡足，帖馬賞年華。倒插銀魚袋，行隨金犢車。還攜新市酒，遠醉曲江花。幾度歸侵黑，金吾送到家。”

“好勝耽長夜，天明燭滿樓。留人看獨脚，賭馬換偏頭。樂奏曾無歇，杯巡不暫休。時時遙冷笑，怪客有春愁。”

“邀遊攜艷妓，裝束似男兒。杯酒逢花住，笙歌簇馬吹。鶯聲催曲急，春色送歸遲。不以聞街鼓，華筵待月移。”

玄宗奔蜀之日，正是長安開始破壞之時。僖宗（874-888年在位）的兩次逃離長安，京城摧毀得很徹底，以致他第二次逃難歸來，連可住的地方都沒有了。《舊唐書》卷一九〈僖宗紀〉有如下的一段記載：

“光啓元年（885）十二月，神策軍潰散，遂入京師肆掠。乙亥，沙陀逼京師，田令孜奉僖宗出幸鳳翔。初，黃巢據京師，九衢三內，宮室宛然，及諸道兵破賊，爭貨相攻，縱火焚剽，宮室居市閭里，十焚六七。賊平之後，令京兆尹王徽經年補葺，僅復安堵。至是，亂兵復焚，宮闕蕭條，鞠為茂草矣。”二年十二月：“朱玫愛將王行瑜受密詔，自鳳州率衆還長安。辛酉，行瑜斬朱玫及其黨與數百人，縱兵大掠。是冬苦寒，九衢積雪，兵入之夜，寒冽尤劇，民吏剽剝之後，僵凍而死蔽地。”

讀唐書僖宗、昭宗紀連篇是戰亂血淚史。《舊唐書》卷一九〈僖宗紀〉：

“三年（887）三月甲申，車駕還京，次鳳翔，以宮室未完，節度使李昌符請駐蹕，以俟畢工。”

再隔十餘年，朱溫強迫昭宗（889-904）遷都洛陽時，曾命令長安居民隨之撤離。《舊唐書》卷二〇〈昭宗紀〉：

“天祐元年（904）正月己酉，全忠率師屯河中，遣牙將寇彥卿奉表請車駕遷都洛陽。全忠令長安居人按籍遷居，徹屋木，自渭浮河而下，連甍號哭，月餘不息。”

張籍的《永嘉行》，是假借西晉滅亡時洛陽的慘象，諷譬唐代的衰亂：

“黃頭鮮卑入洛陽，胡兒執戟升明堂；晉家天子作降虜，公卿奔走如牛羊。紫陌旌旛暗相觸，家家雞犬驚上屋；婦人出門隨亂兵，夫死眼前不敢哭。九州諸侯自顧土，無人領兵來護主；北人避胡多在南，南人至今能晉語。”

李商隱的《曲江》，指出了亂後曲江荒涼的情景：

“望斷平時翠輦過，空聞子夜鬼悲歌。金輿不返傾城色，玉殿猶分下苑波。死憶華亭聞唳鶴，老憂王室注銅陀。天荒地變心雖折，若比傷春意未多。”

渼陂原是長安郊外的一個遊覽勝地，戰亂之後也荒涼了。韋莊的《過渼陂懷舊》：

“辛勤曾寄玉峰前，一別雲溪二十年。三徑荒涼迷竹樹，四鄰凋謝變桑田。渼陂可是當時事，紫閣空餘舊日烟。多少亂雜無處問，夕陽吟罷涕潸然。”

鄭谷的《渼陂》：

“昔事東流共不迴，春深獨向渼陂來。亂前別業依稀在，雨裏繁花寂寞開。卻展漁絲無野艇，舊題詩句沒蒼苔。潸然四顧難消遣，祇有佯狂泥酒杯。”

都寫出了渼陂喪亂先後的改變。東都洛陽，其繁榮原不下長安；接受東南的漕糧，且較長安為便利。城市的佈局，也與西京相似，只是規模稍小，共有八十多坊。白居易曾長期分司東都，是三品大官，對洛陽的情況也很

熟悉。他的《題崔少尹上林坊新居》:

“坊靜居新深且幽，忽疑縮地到滄州。宅東籬缺嵩峰出，堂後池開洛水流。高下三層盤野徑，沿洄十里汎漁舟。若能為客烹雞黍，願伴田蘇日日遊。”

白居易《池上篇》的詩序：

“都城(指洛陽)風土水木之勝，在東南偏；東南之勝，在履道里。”

按履道坊便是他的家園，佔地十七畝，

“屋室三之一，水五之一，竹九之一，而島樹橋道間之。”

附有粟廩、書室、琴亭和酒庫，生活是何等安適！他在《自題酒庫》一詩中，就有“酒庫不曾空”之句。他的《二年(會昌二年)三月五日齋畢開素當食偶吟贈妻弘農郡君》詩的頭八句：

“睡足肢體暢，晨起開中堂。初旭泛簾幕，微風拂衣裳。二婢扶盥櫛，雙童舁簟牀。庭東有茂樹，其下多陰涼。”

這真是詩仙的生涯！當時洛陽高級官員的別墅，爭示奇巧，白居易《奉和思黯自題南莊見示兼呈夢得》:

“謝家別墅最新奇，山展屏風花夾籬。曉月漸沉橋脚底，晨光初照屋梁時。台頭有酒鶯呼客，水面無塵風洗池。除卻吟詩兩閒客，此中情狀更誰知？”

儲光羲《洛陽道五首獻呂四郎中》的第一首：

“洛水春冰開，洛城春樹綠。朝看大道上，落花亂馬足。”

馬為當時城市中主要的交通工具。

羅鄴的《經故洛城》，詠的是漢魏洛陽，並非隋唐洛陽，

“一片危牆勢恐人，牆邊日日走蹄輪。築時驅盡千夫力，崩處空為數里塵。長恨往來經此地，每嗟興廢欲霑巾。那堪又向荒城過，錦雉驚飛麥隴春。”

許渾《故洛陽城》：

“禾黍離離半野蒿，昔人城此豈知勞；水聲東去市朝變，山勢北來宮殿高。鴉噪暮雲歸古堞，雁迷寒雨下空壕；可憐緱嶺登仙子，猶自吹笙醉碧桃。”

描寫的也是這座漢魏故洛陽的廢墟。但白居易詩中繁榮的洛陽，唐朝滅亡後不久也就荒廢了。

古代城市的規模，不易有人口統計之類可用為比較標準；但古人描寫城市的詩，多少可看出城市的繁盛或衰落。盛唐之際，河西走廊繁榮，例如涼州，城內駐軍即達三萬三千人。元稹的《西涼伎》：

“吾聞昔日西涼州，人煙撲地桑柘稠；蒲萄酒熟恣行樂，紅豔青旗朱粉樓。……哥舒開府設高宴，八珍九醞當前頭；前頭百戲競撩亂，丸劍跳擲霜雪浮。……”

描寫南宋國都杭州繁華，歌舞昇平的，有一首是林升的《題臨安邸》：

“山外青山樓外樓，西湖歌舞幾時休！暖風熏得遊人醉，直把杭州作汴州。”

城市的有閒階級，包括宮廷人物，喜歡打馬毬 (polo)，稱為擊鞠。原是從波斯傳來的集體娛樂，但窮人是玩不起的。晚唐宮廷之中，擊鞠之風甚盛，敬宗李湛在被宦官謀殺之前，還在打毬飲酒。張祐《觀宋州田大夫打毬》：

“白馬頓紅纓，梢毬紫袖輕。曉冰蹄下裂，寒瓦仗頭鳴。叉手膠黏去，分鬃線道絣。自言無戰伐，髀肉已曾生。”

沈佺期的《幸梨園亭觀打毬應制》：

“今春芳苑遊，接武上瓊樓。宛轉縈香騎，飄颻拂畫毬。俯身迎未落，迴轡逐傍流。祇為看花鳥，時時誤失籌。”

女詩人魚玄機的《打毬作》：

“堅圓淨滑一星流，月杖爭敲未擬休；無滯礙時從撥弄，有遮攔處任鉤留。不辭宛轉長隨手，卻恐相將不到頭；畢竟入門應始了，願君爭取最前籌。”

唐代富貴人家除愛好打球外，也喜歡狩獵。描敍打獵的詩不少，張祜《觀魏博何相公獵》：

“曉出郡城東，分圍淺草中；紅旗開何日，白馬驟迎風。背手抽金鏃，翻身控角弓。萬人齊指處，一雁落寒空。”

打馬球墜馬可以致命，朱溫的愛將朱友倫就是這樣死掉的。《舊唐書》卷二〇〈昭宗紀〉：

“（天復三年）九月辛巳，汴州護駕都將朱友倫擊鞠墜馬卒，全忠怒，殺同鞠將校數人。”

除了中原的長安與洛陽之外，東南的揚州和蘇州等城市也頗繁榮。羅隱《江都》詩的前四句：

“淮王高讌動江都，曾憶狂生亦坐隅。九里樓台牽翡翠，兩行鴛鷺踏真珠。”

江都就是揚州。杜牧《揚州三首》的第三首：

“街垂千步柳，霞映兩重城。天碧台閣麗，風涼歌管清。纖腰間長袖，玉珮雜繁纓。拖軸誠為壯，豪華不可名。自是荒淫罪，何妨作帝京。”

杜牧另一首《遣懷》:

“落魄江湖載酒行，楚腰纖細掌中輕，十年一覺揚州夢，贏得青樓薄倖名。”

受到更多人的傳誦。

白居易任蘇州刺史時，蘇州有人口十萬戶，官橋 390 座。他的《正月三日閒行》詩中，有

“綠浪東西南北水，紅欄三百九十橋。”

之句。蘇州多柳樹，每為詩人所樂道。白居易的《蘇州柳》:

“金谷園中黃嫋娜，曲江亭畔碧婆娑。老來處處遊行徧，不似蘇州柳最多。絮撲白頭條拂面，使君無計奈春何。”

大城市元宵的燈節，常很熱鬧，唐代長安涼州等地，燈市極為著名。關於蘇州的燈市，似以范成大的《燈市行》寫得最好。《石湖居士轉集》卷三十的《臘月村田樂府十首》序言:

“余歸石湖，往來田家，得歲暮十事，採其語各賦一詩，以識風土，號村田樂府。”

它包括冬春行、燈市行、祭竈詞、口數粥行、爆竹行、燒火盆行、照田蠶詞、分歲詞、賣痴獃詞、打灰堆詞。

其中《燈市行》：

“吳台今古繁華地，偏愛元宵燈影戲；春前臘後天好晴，已向街頭作燈市。疊玉千絲似鬼工，剪羅萬眼人力窮；兩品爭新最先出，不待三五迎東風。兒郎種麥荷鋤倦，偷閒也向城中看；酒壚博簺雜歌呼，夜夜長如正月半。災傷不及什之三，歲寒民氣如春酣；儂家亦幸荒田少，始覺城中燈市好”。

唐代的夏口，即今日漢口，當時已發展為城市。羅隱《憶夏口》：

“漢江渡口蘭為舟，漢江城下多酒樓。”

至如李白的《金陵》：

“地擁金陵勢，城迴江水流。當時百萬戶，夾道起朱樓。亡國生春草，離宮沒古邱。空餘後湖月，波上對江州。”

則是懷古之作，對古金陵作了綺麗的描寫，其中後湖即玄武湖。唐代的金陵，遠不及揚州繁榮。

詩人們對城市的描寫，也有從遠處着眼的。秦觀的《泗州東城晚望》對當時位於淮河岸邊的泗州城（舊址在今盱眙縣東北，已沒入洪澤湖中），有過很好的遠景描寫：

“渺渺孤城白水環，舳艫人語夕霏間。林梢一抹青如畫，應是淮流轉處山。”

這和女詩人劉淑柔《中秋夜泊武昌》的頭兩句：

“兩城相對峙，一水向東流。”

頗有相似之妙。

唐朝自中葉衰亂之後，農民的生計固然艱難，城市居民的日子也不好過。當時分司東都的白居易，他個人雖過着

“飲食免藜藿，居處非蓬蒿，……銀榼提綠醪，金章照紫袍”

的舒適生活，倒也沒有忘卻一般士庶的貧苦。他《歲暮》詩的後半段：

“慘澹歲云暮，窮陰動經旬。霜風裂人面，冰雪摧車輪。而我當是時，獨不知苦辛。晨炊廩有米，夕爨廚有薪。夾帽長覆耳，重裘寬裹身。加之一杯酒，煦嫗如陽春。洛城士與庶，比屋多飢貧。何處爐有火，誰家甑無塵。如我飽暖者，百人無一人。安得不慚愧，放歌聊自陳。”

厭倦城市生活的人，多好轉向山林。唐代的讀書人，喜歡在山寺習業，到學業完成時出來應舉；有些人考取進士了，又退居山林。唐代中葉以後，政局混亂，社會不

安，更使人易起退隱的念頭。詩人歌詠山林，讚美隱居生活的篇章極多。

“松下問童子，言師採藥去。只在此山中，雲深不知處。”（賈島《尋隱者不遇》）

“故人具雞黍，邀我至田家。綠樹村邊合，青山郭外斜。開筵面場圃，把酒話桑麻。待到重陽日，還來就菊花。”（孟浩然《過故人莊》）

“涼冷三秋夜，安閒一老翁。臥遲燈滅後，睡美雨聲中。灰宿溫瓶火，香添暖被籠。曉晴寒未起，霜葉滿階紅。”（白居易《秋雨夜眠》）

“胡為名利役，來往老關河；白髮隨梳少，青山入夢多。途窮憐抱疾，世亂恥登科；卻起漁舟念，春風釣綠波。”（徐夤《旅次寓題》）

“避暑得探幽，忘言遂久留。雲深窗失曙，松合徑先秋，響谷傳人語，鳴泉洗客愁。家山不在此，至此可歸休。”（張蠙《過山家》）

“喜得山中樂，佳眠夢不驚。暗泉和雨落，秋草上牆生。因客始沽酒，借書方到城。新詩聊自遣，豈是趁聲名。”（姚合《山居》）

“竹裏編茅倚石根，竹莖疏處見前村。閒眠盡日無人到，自有春風專掃門。”（宋顯忠《閒居》）

九

餘論

當然，有許多詩是無法歸納在上舉的分類中，或者是數量不夠多，不便自成一類。這些餘下來的詩，同樣有地理學的價值。薛能《送福建李大夫》：

"秋來海有幽都雁，船到城添外國人。"

後一句明顯地指出福州在唐代已有國際貿易。

江西從唐代末年起，文風轉盛。這在我編著的《中國歷史文化地理圖冊》中，可清楚地看出來；韋莊有幾首詩，可指證此一事實。其中《南昌晚眺》：

"怪得地多章句客，庾家樓在斗牛邊。"

《袁州作》：

"家家生計只琴書，一郡清風似魯儒。"

若干詩或詩序，關連到地名和地圖。從杜甫的《嚴公廳宴同詠蜀道畫圖》詩中，可知當時嚴武家的廳堂中肯定有一幅四川地圖。這首詩寫道：

"日臨公館靜，畫滿地圖雄。劍閣星橋北，松州雪嶺東。華夷山不斷，吳蜀水相通；興與烟霞會，清樽幸不空。"

又如伍喬《觀華夷圖》詩：

"別手應難及此精，須知攢簇自心靈；始於毫末分諸國，漸見圖中列四溟。關路欲伸通楚勢，蜀山俄聳入秦青；筆端盡現寰區事，堪把長懸在戶庭。"

再像曹松《觀華夷圖》：

“落筆勝縮地，展圖當晏寧。中華屬貴分，遠裔占何星。分寸辨諸岳，斗升觀四溟。長疑未到處，一一似曾經。”

詩要押韻，而地名的音韻固定；把地名引進詩去，有時會招致技術上的困難。李白的《峨眉山月歌》，一共只有四句二十八個字，卻用進了五個地名，佔去十一個字：

“峨眉山月半輪秋，影入平羌江水流。夜發清溪向三峽，思君不見下渝州。”

另外找到兩首詩，也有五個地名。黃庭堅《雨中登岳陽樓望君山》的第一首：

“投荒萬死鬢毛斑，生出瞿塘灩滪關。未到江南先一笑，岳陽樓上對君山。”

其中岳陽樓嚴格點說還不能算是地名。范成大《魯家洑入沌》詩的前四句：

“過盡巴東巫峽長，荆川鼓棹更茫茫。避風怕入三江口，乘月貪行百里荒。”

以上三首詩，我在註釋《吳船錄》時，都應用到了[18]。

---

18 陳正祥《吳船錄的註釋》，香港中文大學地理研究中心研究報告第 83 號，1974。

唐人作詩，有所謂"聯句"的玩意。聯句作詩似只限於要好的朋友，李白、杜甫、劉禹錫、白居易、王起、韓愈等著名詩人都作過不少聯句。李白的《改九子山為九華山聯句》，原為李白、高霽、韋權輿三人合作，詩的本身雖無多大地理學意味，但詩序指出了安徽南部九華山改名的經過，非常確實，在地名的研究上很有價值。該詩序說：

"青陽縣南有九子山，山高數千丈，上有九峰如蓮花。按圖徵名，無所依據。太史公南遊，略而不書；事絕古老之口，復闕名賢之紀。雖靈仙往復，而賦詠罕聞。予乃削其舊號，加以九華之目。時訪道江漢，憩於夏侯迴之堂；開檐岸幘，坐眺松雪。因與二三子聯句，傳之將來。"

你看我們這位詩仙的口氣多大！

遊記中所見的詩，常特別富於地理學氣息。例如《徐霞客遊記》中，就雜有大量的詩。很多是描寫岩溶地貌的。我在《徐霞客遊記的註釋》中，已作了說明。因該文已收入所編《中國遊記選註》第三冊，不擬重複錄入本文。

中國歷代所積累的詩極多，其中不少包含了地理學的價值，但我目前還沒有時間加以全部閱讀。將來讀得多了，可能把這篇小文擴充成一本較厚的書。

1976 年 4 月 25 日於中文大學

附錄

中國地名的分類

中國共有多少地名？這是幾乎無法答覆的問題。以中國國土之廣和歷史之久，則古今地名為數之多，自在意料之中。《管子・地員篇》指出：“凡天下名山五千二百七十”，《水經注》共涉及 1,252 條河流。[19] 商務印書館在 1931 年出版、臧勵龢等編的《中國古今地名大辭典》收羅了三萬七千個地名；上海申報館 1934 年出版、丁文江等編的《中華民國新地圖》，約有三萬五千多地名；北京地圖出版社 1974 年出版的《中華人民共和國分省地圖集》，約有一萬八千個地名。但都只佔中國全部地名很小的一部分。[20]

---

19 《唐六典》卷七，曾提到天下共有水泉 333,559 條，尚未包括邊疆地區。《水經注》為北魏酈道元所著，它並非對《水經》的 137 條河川作簡單的註釋，而是增訂創作記載大小河川 1,252 條，完成了一部四十卷三十萬字的偉大著述。

20 中國目前約有五萬多個人民公社，社各有名，五化八門。山西省昔陽縣有“刀把口”公社、北京市懷柔縣有“崎峰茶”公社、天津市武清縣有“四一四”公社、浙江省江山縣有“三十都”公社、海寧縣有“錢塘江”公社、廣西都安瑤族自治縣有“三隻羊”公社、安徽省碭山縣有“良梨”公社、新疆吐魯番有“葡萄”公社、湖北咸寧縣有“桂花”公社、江蘇省響水縣有“康莊”公社、大豐縣有“豐富”公社、雲南省永善縣有“團結”公社、山東省莒縣有“愛國”公社、廣東省中山縣有“民衆”公社、四川省若爾蓋縣有“紅星”公社、南京市棲霞山下有“十月”公社、安徽省霍邱縣有“五一”公社、廣東省花縣有“東方社”公社、新疆哈巴河縣有“反修”公社、遼寧省新賓縣有“紅廟子”公社、貴州省紫雲苗族布依族自治縣有“白雲”公社、福建漳平縣有“南洋”公社、南京市有“燕子磯”公社、廣東省南海縣有“官窰”公社。多少也反映了一些地理事物。公社也有因人取名的，但當然不是重要人物。例如四川省中江縣的“繼光”公社，便是為了紀念抗美援朝戰爭中國人民志願軍英雄黃繼光的；他在 1952 年 10 月勇敢地戰死在朝鮮的上甘嶺。

記錄在地圖上的地名，其多寡係視地圖的類型和縮尺而定。在同一類型的地圖上，其縮尺較大的，所有地名概較縮尺較小者為多。試以台灣省完備的五萬分一地形圖計算，共有 7,700 個地名；如果連同重複的合計，則多達 17,800 個。[21] 此等地名的分佈，其趨勢幾與人口分佈完全符合；人口密集的平原地區地名多，人口稀疏的山區地名少。鄉村聚落的形態，對地名的多寡也頗有影響。在散村地帶，不同縮尺地圖上所有的地名，其差異常較集村區域為大。台北盆地和宜蘭平原，為極標準的散村地帶。在五萬分之一地形圖上，宜蘭平原羅東街以北的一百方公里正方形地區，僅有 56 個地名；但在二萬五千分之一地形圖上，同上地區的地名則增加為 100 個，相差達 79%。澎湖羣島所有的村落，全屬集村；其中澎湖本島在五萬分之一地形圖上，共有 64 個地名；而在二萬五千分之一地形圖上，也不過 68 個，二者相差 6% 而已。台灣東北角的基降火山羣，在五萬分之一地形圖上只有一個草山；但在二萬五千分之一地形圖上，卻可發現三個草山。

台灣的地名，重複的很多。我在計數過程中，發現

21 陳正祥《台灣之地名》，敷明產業地理研究所研究報告第 104 號，台北，1960。

有 42 個新庄與新莊，30 個山脚與山子脚，29 個溪洲，28 個三塊厝，26 個公館與公館子，23 個竹圍子，21 個尖山，20 個番子寮，17 個水尾，15 個橋頭與橋仔頭，14 個牛埔，12 個觀音山，110 個土庫，9 個田尾，8 個田中央，7 個石門和 6 個東勢。故若連同重複的計算，則台灣有記錄的地名，可能超過三萬。[22] 就全國而言，台灣是最小的一省，歷史也很短淺，尚且有三萬多地名，則中國全部的地名，應以百萬計數。地名分類，必先明了其結構。中國地名既如此衆多，要全部加以匯集和分析，實不可能。故此項分類工作應有所限制。以下所討論的，主限於近今的縣級地名。[23]

22　陳正祥《台灣地名辭典》，敷明產業地理研究所研究報告第 105 號，台北，1960；共收有 6,368 個地名。

23　縣是中國古代州、郡、府以下的行政單位，也是現在省、市、自治區、地區以下的行政單位。根據 1974 年版《中華人民共和國分省地圖集》計數，目前全國共有 2,135 個縣級地名，包括 2,012 個縣、66 個自治縣、53 個旗、3 個自治旗和 1 個鎮。這些縣級地名大多數使用兩個字，小部分用一個字，更小部分用三個字（如阿克蘇、布爾津、呼圖壁、英吉沙、格爾木、馬爾康、托克托、以及阿克塞哈薩克族自治縣等）；內蒙古的旗名，也有多至四字的，例如伊金霍洛旗。最長的縣名，則有八個字，這是新疆西南喀什地區的“塔什庫爾干塔吉克”自治縣。
愈接近古老文化中心，地名愈短，單名的縣很多。河南省現有 110 個縣中，單名的佔了二十個 —— 禹、陝、杞、睢、郟、葉、鄧、息、新、淇、浚、滑、汲、林、輝、嵩、鞏、孟、溫、密。如果再加上永城、虞城、柘城、鹿邑、夏邑、鄲城、商城、項城、方城、襄城等似雙又似單的縣名，那為數就更多了。

山水地名

中國大地多山多水，中國人民樂山樂水；中國地名之中，山名水名佔了很大部分。除了山名水名之外，中國一般地名也有很多因山因水而得。一般地名凡以山嶺、江河、湖海、井泉等名稱構成其專名部的，概可稱為山水地名，就近今的縣級地名說，包括了衡山、黑山、博山、文山、獨山、溫嶺、長嶺、蕉嶺、赤峰、橫峰、長白、峨眉、五華、雲霄、縉雲、嵊縣、連縣、岷縣、歷城、閿鄉、浦江、松江、沅江、丹江、白河、唐河、漠河、修水、泗水、伊川、洛川、潢川、吳川、績溪、玉溪、蘭谿、辰谿、瀾滄、呼蘭、東流、洪雅、涇縣、澧縣、易縣、湘鄉、汾城、菏澤、彭澤、雲夢、甘泉、突泉、東海、鉅野、本溪、布倫托等等，[24] 總數達數百之多。其中有些很明顯，一眼可看出來；有些因專名部被省略，不易分辨；有些要查歷史文獻，特別是地方志書，才可決定類別。

長白縣因長白山而得名，瀾滄縣因瀾滄江而得名，五台縣因五台山而得名，呼蘭縣因呼蘭江而得名，峨眉縣因

---

24 安徽省南部的績溪縣，是因為縣的東部有一條績溪，水道離而復合，交流如績，故名。遼寧省東部的本溪市，是本溪湖的簡縮，原來因有本溪湖而得名。

峨眉山而得名，南流縣因南流江而得名，縉雲縣因縉雲山而得名，還不難想像。但廣東省的連縣因黃連山而得名，廣西省的象縣因象山而得名，浙江的嵊縣因嵊山而得名，溫嶺縣因溫嶠嶺而得名，山西省的崞縣因崞山而得名，甘肅的岷縣因岷山而得名，安徽的涇縣因涇江而得名，廣西賀縣因賀江而得名，已比較不易捉摸。至於像山東歷城縣因歷山而得名，河南閿鄉縣因閿山而得名，就必須先從地名的結構加以分析了。原來這兩個縣的二次地名"歷城"和"閿鄉"，都可以再分為兩部分：其一專名部，即"歷"、"閿"二字；其二為通名部，即"城"、"鄉"二字。而歷、閿二字，本都是山岳的名稱。

中國有很多地名，取自地形地物。渾圓或饅頭狀的山丘，很容易被稱為圓山，台北市有圓山，建有著名的圓山飯店；漳州也有圓山，是水仙花的著名產地。廣西柳州的立魚峰，古稱立魚山，屹立於柳江南岸的小龍潭邊，因形似站立起來的魚而得名，稱為柳州八景之一。唐代柳宗元在《柳州山水近治可遊者記》中說："石魚之山，全石，無大草木，山小而高，其形如立魚。"福建省的龍岩，唐開元二十四年（736）初置縣時名新羅，後以城東三里許翠屏山麓有龍岩洞（洞深七米，底部平坦，可容百餘人），洞壁有龍紋，故天寶元年（742）因洞名改稱龍岩。

地名的解釋，往往人各一說，在取捨或分類時不免為主觀意見所影響。[25] 譬如四川省的樂山，有人認為境內山水奇麗，以“仁者樂山”的意思而得名。但翻閱《樂山縣志》，則知該縣境內有至樂山，故取名樂山。如果照前一說法，樂山應歸入寄意地名；如果縣志的記載比較可信，應屬山水地名。

中國以山水取名之縣，為數既甚多，原可分成兩類。但因某些縣到底是因山得名或因水得名，並不易確定，故仍以合併為山水地名為宜。廣東省的博白縣，有些文獻說是“取博白山為名”；有的則說是因博白江得名。《永樂大典》二三三八博白縣：“秦屬象郡。漢為合浦縣地，屬合浦郡。唐武德四年（621）析置南州，併置博白縣，取博白山為名。六年改南州曰白州，仍以縣屬焉。”《太平寰宇記》卷一六七卻說：“唐武德四年，析合浦縣地，置博白縣，以博白江為名。博白山在邑界。”

示位地名

地名凡以其專名部來表示所在位置的，可稱為示位

25 山東省的泰安縣，因境內有泰山而得名；江西省的寧岡縣，因境內有瓦岡而得名。故泰安與寧岡之類地名，可列入山水地名、寄意地名乃至複合地名。

地名或位置地名。中國古代根據山南是陽，山北為陰的原則，稱山嶺南邊的地方為陽，山嶺北邊的地方為陰。例如安徽省北部的鳳陽縣，便是因為位於鳳凰山之南而得名，此外尚有衡陽、萊陽、山陽等；山西省北部的山陰縣，是因為位於恒山支脈翠微山的北坡而得名。陝西省東邊華山以北的華陰縣，或許是一個更好的例子。又認為河是山的對應，所以正好相反，水北為陽，水南為陰，例如江蘇省南部的江陰縣，就以位於長江南岸，故名江陰；同類的例子尚有淮陰和湯陰。河南省中部的舞陽縣，則因位於淮河支流舞水的北岸而得名，同樣的例子有瀋陽、汾陽、洛陽、涇陽、襄陽、濟陽、資陽、泗陽、松陽、弋陽、瀏陽、灌陽和高陽等。

"水北為陽"的原則，也適應海水和潮水。廣東省東部的潮陽縣和海陽縣，便因此而得名。《元和郡縣志》卷三四："潮陽縣……以在大海之北，故曰潮陽。"唐代嶺南道的潮州，治所便在海陽縣。《中國古今地名大辭典》頁七二六海陽縣條："漢揭陽縣地，晉置海陽縣，隋省，尋復置。南濱大海，故曰海陽。明清皆為廣東潮州府治，民國廢府，改海陽為潮安。今縣東有海陽故城。"

河流在地面上存在，其界限或線條較山嶺更為明確，故示位地名之中，和河流有關聯的最多。

“源”是用於河流上源的地名基本字，附加上河名之後就發現有渭源、沁源、凌源、沽源、遼源、淶源、翁源、資源、婺源、渾源和濟源等地名；其中濟源是古濟水的發源地，渾源是永定河支流渾河的發源地。又因河流多發源於山地，故源字地名限見於山區；中國省區的界限多以山嶺劃分，故以源取名之地，也常見於省區的邊界。

和“源”字相對應，“門”常為表示河流下游的地方。例如江蘇省東南部的海門縣，就是因為位於長江口，取入海門戶的意思命名。同類的地名尚有廣東省的江門。“口”字和“門”字有相似的意義，用以表示湖泊或河流的出口，例如江西省北部的湖口（位於鄱陽湖滙長江之口），貴州省東北部的江口，海南島北岸的海口等。

“合”是河流交滙處的地名用字，如合川、合江、合水之類。四川省中部的合川[26]，是嘉陵江和它的三條支流——涪江、渠江及小安溪的滙合點；四川南部的合江，是長江和其支流赤水河的滙合點。類似的例子尚有河北省東北部的三河縣（因境內有鮑邱河、七渡河、泃河三條河流交滙）和廣東省中部的三水縣——三水是指西江、

26　現已劃入重慶市轄區。

北江和綏江，雖無“合”名，卻有“合”意。此外如雙流、交河、河間等縣名也可歸入此類。河北省的河間縣是介乎滹沱河和大清河之間。

“臨”、“浦”、“皋”等多數為表示在水邊(海、河、湖)地名的用字，如浙江省的臨海，內蒙古的臨河(因臨黃河而得名，河是古代黃河的專稱)，以及臨澧、臨江、臨川、臨汾和臨潼等。江蘇省西南部的江浦，是在長江之濱。同類的地方尚有漳浦、漵浦和荔浦等。皋為水邊的高地，陝西省南部的嵐皋，便因瀕臨嵐河而得名。

“上”字指點其地在另一地方的上游或上方。例如上高縣、高安縣，同在錦江河谷，而前者居上游，故稱為上高，意即其地在高安之上。類似的例子如江西省的上饒，因位於古饒州的上方而得名。抗日戰爭期間，長江中下游的人入川，被川人稱為下江佬或脚底下人；下江是泛指三峽以下的長江，但甚至把黃河和珠江流域的人也包括在內。這和香港人稱呼廣東以外其他省市人統為上海人，真有異曲同工之妙。

“曲”是位於河流、山脈轉彎曲折處的地名用字。山西省西北部的河曲，便因為位於黃河折曲處而得名。河北省西部的曲陽，是因為太行山北段原作東北到西南走向，到了此處轉變為北北東——南南西的走向，故稱為曲；

又以其位於山的陽坡，亦即在山脈轉曲處的陽坡，故得到了曲陽的名稱。

直接用東、南、西、北來指示方位的地名，計有山東、河東、江東、瓊東、桂東、林東，河南、江南、山南、嶺南、濟南、洮南、雒南、虔南、輝南、汝南、渭南、潼南、龍南，山西、河西、隴西、汾西、蘭西、黔西、林西、瀘西，華北、河北、湖北、江北、通北、張北、魯北等。而東湖、東山，西湖、西山以及南湖、南山之類，為數也很多。北京有西山，昆明也有西山，杭州有西湖，惠陽也有西湖。

連繫湘江和灕江的靈渠，溝通了長江和珠江流域，它的主要工程是一座用巨石砌成的屹立在湘江上源海洋江上的分化堤壩，使江水分流。附近的村落，因此就稱為分水。這是人工分水之例，至於因河流天然分叉而起的"分水"地名，其例甚多，浙江便曾有一個以分水為名的縣。

寄意地名

凡地名以善良意義或吉祥語詞構成其專名部，寄以主觀願望和旨趣的，可稱為寄意地名。例如安寧、長樂、興隆、保靖、遵義、崇德、彰化、博愛、和平、互相之類，為數也很多。[27] 構成善良或吉祥語詞的成分，主要的有兩種：一為形容詞或名詞，用以表示理想的狀態或高尚的德性，如安寧和博愛；二為副詞，用以表示上述狀態、德性在時間上的持久性或空間上的普遍性，如配合永、長、廣、普等字而得的永安、長壽、廣德、普定等。[28]

這一類地名的分佈，反映中國歷史文化發展的方向和層次。在中原地區，地名年齡最老，富古雅之意，而且有很多單名，如德縣、豐縣、沛縣、耀縣和永濟、大名、壽張、安邑、興平、彰德（安陽）、長治等。在外圍地區，也就是離古文化中心較遠處，此類地名專名部所用的字，頗有不同。這些地區的開發較遲，希望其文化能向中原看齊，於是出現很多以"化"為名之地，如開化、昌化、歸化、承化、興化之類；又希望其治安良好，故使用"寧"、"安"、"平"字的地名特多。陝甘交界六盤山兩側，自古常受戰亂騷擾，可看到成串以"寧"為名之地，從東到西

27　浙江省的縣級地名中，便可找到安吉、長興、吳興、永康、樂清、臨安、崇德、新昌、淳安、嘉興、寧波、嘉善、孝豐、泰順、海寧、奉化、定海、永嘉、瑞安、建德、開化、遂昌、宣平、寧海、仙居等二十多個，其中崇德、昌化、宣平等縣近年已被撤銷。

28　就普安、長寧的例子說，安、寧二字為形容詞，普、長二字為副詞；形容詞為祥善語詞的主體，副詞則用以加强語氣，表示空間上的普遍或時間上的長久，成為進一步的願望。類似的地名尚有永安、廣德等。

計有正寧、寧縣、靜寧和會寧等。到了邊疆，包括古代的邊疆，則又出現綏靖和鎮壓式的地名，例如安東、撫遠、靖邊、鎮南、平越、定西、寧羌、理番等地名。[29]

這一類鎮壓性的地名，自古有之。當初此類地名的分佈，比較接近中原。後來漢人勢力向外推移，這一類地名也跟着向邊疆搬動。四川盆地西邊原有羌族，漢人進入盆地後屢起衝突；因為勢力懸殊，羌族終於退讓。在今樂山縣北二十公里，北周曾設置了平羌縣，因境內有平羌水得名。隋屬梁州眉山郡；唐屬劍南道的嘉州；宋代併入龍游縣，直到清代還稱為平羌驛。但在現代的地圖上是找不到了，而且地名也已失去意義。

類似的還有寧夷、寧羌、寧番、寧越等地名。其中寧夷有前後兩個，前一個寧夷為後魏所置，在今陝西省禮泉（故城在禮泉東北十里）；隋代把這個寧夷縣改名醴泉，而另在貴州置寧夷縣，距離中原很遠了，現在已改為

29 這些鎮壓和綏撫性的地名，多分佈在新、舊邊疆，從東到西有撫遠（綏遠）、鎮東、撫松、安東、北鎮、天鎮、歸綏、靖邊、定邊、定遠營（現改巴彥浩特，亦即阿拉善左旗）、靖遠、定西、永靖、武威、安西、鎮西、綏定、惠遠、伊寧、綏靖（靖化）、康定、寧遠（西昌）、寧南、宣威、武定、鎮南、永勝、永平、鎮康、緬寧、鎮越、屏邊、鎮邊、靖西（歸順）、扶南。湖南西部和貴州，現在固然深處內地，但歷史上也曾為邊疆，故也有鎮遠、黎平、安南、永綏、保靖、永順、永從、綏寧、鎮西、定番、鎮寧、安順、威寧、大定、息烽、平越等地名。

石阡縣。

沿海地帶，也可看到不少類似的寄意地名，包括鎮海、定海、海寧、寧海、寧洋、澄海以及海豐和海康等。《萬曆漳州府志》三一寧洋縣：“寧洋縣本龍巖縣集賢里東西洋巡檢司地。嘉靖四十一年（1562）土賊廖選、蘇阿普等煽亂，殺死漳平知縣魏文瑞、魯東田、馬元湘等，復屯聚龍頭寨。至四十四年官兵剿平之，生員曹文燁鳴鳳等呈請設縣，蒙巡海道周賢宣、知府唐九德覆議，回報兩院提允，命名寧洋。革巡檢司，分割龍岩縣集賢里五圖、延平府大田、永安縣各三圖，設為縣治，時隆慶元年，見轄十一里云。”

福建省的東部沿海，開拓頗早；福州、莆田（興化）一帶，唐宋以來文化甚盛。泉州在宋元時代，對外貿易也很發達。但福建西部的山區，卻是東南開化最遲的地區。這裏的一些地名，像崇安、順昌、南平、泰寧、建寧、歸化（現改為明溪）、寧化、永安、武平、永定等，幫助證明此一事實。

貴州省因受地形，氣候的限制，加上少數民族的反抗，開發也是較遲的，所以也可以看到平越、定番、鎮遠、黎平、大定、永從、安順、普定、安南、息烽、鎮寧、興仁、修文、遵義等寄意地名。這些地名在其他內地省分是極少見的。湖南省西邊和貴州鄰接的湘西地區，開拓偏遲，故有永順、保靖、永綏、懷化、靖、綏寧等縣名。

四川盆地開拓雖早，特別是成都附近，可看到彰明、樂至、仁壽、崇寧、崇慶等地名，但其西北側不遠處，就出現理番、安羌、靖化（綏靖）、威州等地名。因為青藏高原的東部邊緣，是古代吐蕃、羌等少數民族活動地區，也是他們和漢族磨擦衝突的地區。

河西走廊自漢代開通後，就積極發展灌溉農業，成為東西陸路交通和文化交流的孔道。但這一帶形勢暴露，容易受到南北兩側少數民族的侵擾，必須用武力保護。漢武帝所置武威、張掖二郡，郡名便賦有軍事控制之意。其他寄意農墾成功、邊民安居樂業的地名則有永登、永昌、民勤、民樂、安西、鼎新等。

黃河河口和江蘇北部沿海，成為陸地不久，開拓當然很晚，故有霑化，墾利、大豐、啓東等寄意縣名。黃河河曲以北、陰山山脈以南的後套灌區，是一個開拓極早的農墾區，有一些比較特殊的寄意地名，包括三盛全、隆興長、和合源、惠德成、同興堂，永盛和、慶豐全、同義隆等。

廣東省著名的順德縣，是明朝正統十四年從南海縣劃分出來的，因為當時有黃蕭養率領農民造反，明皇朝把他們鎮壓下去後，就將鬧事地區出獨立成縣，取名順德，是要人民順從皇帝的德政。同省的羅定，是明朝萬曆五年（1577）平定傜族羅旁的"叛亂"後，設置了羅定州。

雲南省北部的鹽興、鹽豐，雖因出產井鹽而得名，可歸入物產類地名。但也可以視為寄意地名，因為帶有鹽業興盛和鹽產豐富之意。

這一類地名，每隨時代而更易，實例不勝枚舉。"南平"這個地名，便是平定南方或南方平定了的意思；福建、江西、湖南、廣東、廣西、貴州、雲南都有，而過去肯定較現在更多。現在湖南省的藍山縣，便是西漢初年長沙國南邊的南平縣。《太平寰宇記》卷一一七藍山縣："本漢南平縣也，今縣東七里有南平故城存。"

物產地名

用物產給地方取名，原為極自然的事，並且賦有鄉土氣息。中國大小地名，和物產有關的頗多。貴州省之名，可能源自貴竹。顧炎武《天下郡國利病書》一〇八貴州治城："林多貴竹，有貴竹長官司，因竹以名州。"陸應陽《廣輿記》二二貴州貴陽府："永樂間置貴州，初設程番府，後改貴陽府，領縣三，……新貴，萬曆間以貴竹長官司改創。”

《禹貢》九州的名稱，有好幾個因物產而來。例如荊州（荊楚本木名，其地名荊，其國曰楚）、冀州（嚴耕望認為冀即驥，以產馬受名。《左傳》昭公四年：“冀之北土，馬之所生”）、豫州（徐中舒解釋為象邑，中國古代中原產象，故以為名）[30] 和揚州（楊聯陞認為揚字很可能即為楊字）；甚至梁州一名，也可能和樹木有關。

秦漢所置的郡縣，以物產命名的不少。桂林郡即以多桂樹而得名，《舊唐書》四一地理志臨桂：“江源多桂，不生雜木，故秦時立為桂林郡也。”秦象郡在今越南，漢代設為日南郡，有象林、象水之名；因為多象，故名象郡。四川盆地的巴郡和蜀郡，皆因多蟲蛇而得名。巴郡即古巴國，《説文》卷二八：“巴，蟲也，或曰食象蛇。”蜀郡本蜀國，蜀也是蟲名。

《漢書》二八上地理志，在蜀郡有旄牛縣，巴郡有朐忍縣。旄牛便是氂牛、犛牛或毛牛（yak），《後漢書・西羌傳》：“羌各自為種，或為氂牛種。殆以其地盛產氂牛，其人稱為氂牛種，縣因以為名。”朐忍亦作朐腮，是一種

---

30 見其所著《殷人服象及象之南遷》一文，載國立中央研究院歷史語言研究所《集刊》第二本第一分頁 63-64。

蟲，《十三州志》：“朐音春，䏰音閏；其地下濕，多朐䏰蟲，因以為名。”按《漢書・地理志》所見的縣名，除上舉旄牛、朐忍二縣外，尚有鉅鹿郡的柏鄉縣；常山郡的桑中縣；泰山郡的桃山縣、桃鄉縣；琅邪郡的稻縣；代郡的馬城；沛郡的山桑縣；勃海郡的柳縣；遼西郡的柳城縣，京兆尹的藍田縣；右扶風的栒邑縣；臨淮郡的鹽瀆縣（今江蘇省鹽城西北）；會稽郡的海鹽縣；廣漢郡的梓潼縣；金城郡的榆中縣；西河郡的鹽官縣；鬱林郡的桂林縣；日南郡的象林縣；朔方郡的廣牧縣，以及淮陽國的柘縣和巴郡的枳縣等。

中國有些地方以物產名山，再以山名縣，於是出現了像玉山、竹山、銅山之類的地名。特定的礦產，較多被用為地方取名的對象，這包括了墨玉、鹽城、鹽山、鹽井、石棉、石油溝、火井溝、錫礦山等。石棉是四川省中部雅安地區的一個縣，有全國最大的石棉礦，因盛產石棉而得名。石棉南偏西雅礱江東岸，另有一個叫做金礦的地名。錫礦山在湖南省中部冷水江市東北，現在所產主為銻而並不是錫。

無錫這個古老而顯著的地名，和錫礦有關係。其地原來產錫，不是無錫。西漢時曾在這裏的錫山上開採過錫礦，《漢書・地理志》二八會稽郡無錫：“莽曰有錫。”到東漢時錫已被採光，於是得了“無錫”之名。當地文人寫過“無錫錫山山無錫”的半句對聯，據說迄今無人能對下半句。今日的徐州，古名銅山，因產銅得名。《史記》一〇六吳王濞列傳：“吳有豫章郡銅山，濞則招致天下亡命者盜鑄錢，煮海水為鹽，以故無賦，國用富饒。”

若干農牧產品，也被採用為地名。新疆吐魯番盛產葡萄，出產最多之處即名葡萄溝。四川西昌西邊的毛牛山，因出產毛牛而得名。雲南省南邊的西雙版納，有一個傣族村莊名橄欖壩。台灣過去稱土糖寮為廍，故中南部以廍字為名的地方不少，如廍下、廍前、廍後、廍邊、廍子等。台灣人稱芒果為樣，故南部又有樣子坑、樣子林、樣子脚等地名。

榆樹是比較適宜在乾旱地區生長的樹木，而乾旱區和半乾旱區樹木不多，居民點分佈也較稀。故榆樹常被利用為地名，例如榆林、榆谷、榆溝、榆林窟、榆木川、榆林店等等。早在戰國時代，榆中已經是西北很著名的地方。漢代有大小榆谷，在今青海東部，黃河上游。榆林之名，古今不只一處。

楊柳在中國分佈甚廣，萌芽早、落葉遲，目標顯著，易被用為地名。我出生的地方，便名柳市。西北地區，有許多柳谷。就唐代說，豐州西北黃河邊外有柳谷，伊州

（今哈密）西州（今吐魯番東）之間有柳谷，交河縣（今吐魯番西）北至庭州（今孚遠縣北）道中有柳谷，柔遠縣（今哈密東）也有一個地方名柳谷。

桃樹和桑樹，分佈也普遍；在《中國古今地名大辭典》裏，可找到許多和桃樹、桑樹有關的地名。河南省自靈寶以西到潼關，因多桃樹，古稱桃林。此外襄陽南有桃林館，武關之北有桃花驛。四川貴州等地，多黃果樹；用此樹取名的地方也很多。全國最大的瀑布，就是黃菓樹瀑布。

歷史紀念地名

地名的專名部記載了歷史事實（包括帝王年號）、重要人物或名勝古跡的，可稱為歷史紀念地名，為數不多。浙江省杭州附近的餘杭，據説是秦始皇東巡時捨棄舟杭之處，山西省的聞喜和河南省的獲嘉，是漢武帝的御定地名，前面已經説過。類似的地名還可包括嘉祥（魯）、靈寶（豫）、寶應（蘇）、星子（贛）和無為（皖）等。

瓷都景德鎮，是因為宋真宗景德（1004-1007）年間在此設置官窰，供應宮庭需要，因而改名。安徽省的至德縣，係建置於唐代至德（756-757）年間；浙江省的紹興縣係建置於南宋紹興（1131-1162）年間；江西省的興國係建置於北宋太平興國（976-983）年間；四川省的仁壽縣建置於隋文帝仁壽（601-604）年間；四川省的崇寧縣建置於宋徽宗崇寧（1102-1106）年間，福建省的政和縣建置宋徽宗政和（1111-1113）年間。上海市的嘉定縣，為南宋寧宗嘉定十年（1217）所置，浙江省西南邊的慶元縣，為南宋寧宗慶元三年（1197）所置。此外如福建省的永泰、陝西省的淳化、河南省的登封、湖北省的咸豐，也都是因帝王的年號而得名。

紀念人物的地名，當以廣東省的中山縣為最著名。吉林省的靖宇縣，原名濛江縣，為紀念抗日戰爭中殉難的民族英雄楊靖宇而改名。楊靖宇原名張貫一，河南信陽人，1940 年被日寇圍困而犧牲。陝西省北部的志丹縣，原名保安縣，因為紀念陝甘寧邊區紅二十六軍領導人、陝北人民領袖劉志丹而改名。劉氏為保安縣人，1936 年在抗日戰爭中負傷死亡。山西省的左權縣，原名遼縣，因為紀念紅軍八路軍副參謀長左權在太行山區戰鬥中犧牲而改名。此外尚有河南省的尉氏，原為戰國時代鄭大夫尉氏的封邑，可視為封建制度的殘餘。河北省的任邱，為紀念漢代中郎將任邱。同省的清豐縣，據說是紀念孝子張清豐的。山西省的渏氏縣和祁縣，山東省的單縣、冠縣、范縣以及河北省的元氏縣，也都是紀念人物的。

因特殊名勝古跡而得名的，計有陝西省中北部的黃陵（有黃帝陵）、山西省的靈邱（因有趙武靈王之墓）和襄陵（有晉襄公之墓）以及河南省的太康（有夏太康之陵）。陝西省的紫陽縣因有紫陽洞；山東省的魚台縣有魯國君王的觀魚台，蒲台縣因有秦的蒲縈台；湖南桃源縣有桃源洞；河北圍場縣是清代帝王的狩獵場所。山西的壺關縣以壺口關得名，忻縣以忻口得名。

陝西省中部耀縣城北的藥王山，原名五台山，唐代初年，著名醫學家孫思邈曾隱居於此，精研醫學，總結經驗，寫成《千金要方》和《千金翼方》兩部醫學巨著，內容采摭羣經，廣搜衆方，集唐代以前方書的秘要，對中國醫學優秀遺產的繼承發展起了重大作用。後來人們為尊敬孫思邈，就把五台山改稱為藥王山。

四川盆地西部鄰接蒲陽河左岸的彭縣、廣漢、什邡等地人民，眼看岷江的水平白地流入沱江，盼望能修渠引水灌田，改變冬春的乾旱面貌。唐武后時，彭州長史首先開鑿官渠，但沒有多大成就。明嘉靖年間（1522-1565），太守黃英再修官渠，因為設計錯誤，完成後渠水流到人和鄉又倒流回去了，黃英畏罪，刎頸自殺。從此官渠堰只留下“倒轉堰”一個地名，以及“官渠水倒流，黃英自斬頭”的笑話。

順德縣縣城大良的名稱，其來源也頗為有趣。相傳過去順德只有太艮鎮（艮是八卦中卦名之一），後因地方官在上奏皇帝時，誤把太字的點放到了艮字上面，以致朝廷的詔書上有了順德縣大良鎮的字眼。地方官吏看了不敢作聲；恐怕"犯上"之罪，連忙貼出告示，說是奉聖上之意，太艮鎮應改作大良鎮，這便成為大良鎮名的來源。但順德縣城西南側的一條小河流，現在倒保留"太艮峽"的名稱。

廣東省東北邊、九連山東側的和平縣，縣治名陽明鎮，也是因歷史事件得名的。按明代正德（1506-1521）年間，粵北、贛南地區農民反叛，朝廷派王守仁（陽明）去鎮壓，事成之後，就在叛亂的中心地區設置和平縣，表示在此獲致"和平"；而當地人士又把縣治所在命名為陽明鎮，以紀念王守仁的功勛。台北縣的草山被蔣介石改名為陽明山，是因為蔣介石很崇拜王陽明。

遼寧省東邊的千山山脈，在隋唐時代曾構成遠征高麗的障礙。這裏的摩天嶺（高 969 米）、帽盔山（1,110 米），以及唐望山和哨子河等地名，皆和當時一再征伐高麗的戰爭有關。遼寧省旅大市旅順口區龍頭公社的五間房大隊，原來的村名為"吳家房"，1905 年日俄戰爭時受到破壞，全村十七戶只剩下五間房屋，故改稱為五間房。

《大清一統志》卷三八二湖南永州條下，有“愚溪在零陵縣西南”句，讀了柳宗元的文集，才知道這條愚溪是柳宗元起的名字。柳宗元的《愚溪詩序》:“灌水之陽有溪焉，東流入於瀟水。或曰冉氏嘗居也，故名是溪為冉溪。或曰可以染也，名之以其能，故謂之染溪。余以愚觸罪，謫瀟水上，愛是溪，入二三里，得其尤絕者家焉。古有愚公谷，今予家是溪而名莫能定，土之居者猶齗齗然不可以不更也，故更之為愚溪。愚溪之上，買小丘為愚丘，自愚丘東北行六十步得泉焉，又買居之，為愚泉。愚泉凡六穴，皆出山下平地，蓋上出也，合流屈曲而南，為愚溝，遂負土累石，塞其隘為愚池。愚池之東為愚堂，其南為愚亭，池之中為愚島，嘉木異石錯置。皆山水之奇者，以余故咸以愚辱焉。”

複合分析地名

凡用兩個二次地名構成其專名部的，可稱為複合地名。換言之，其專名部分是由兩個不同地名簡化合併而成。例如江蘇、福建、甘肅、安徽、歸綏、松潘、閩侯、番禺、曲靖、宜黃、商洛、諸暨、雲和、灌雲、雷平、龍茗、筠蓮、德惠、丹巴、隆山、天鎮、華坪等，都是用兩個二次地名構成其專名部。惟其所使用地名的行政等級，則頗有不同。江蘇省名是用江寧、蘇州兩府之名合併而成；現名呼和浩特的歸綏，原由歸化、綏遠二城合稱；松潘則由松州和潘州合併而成；雷平是兩個土州名合成，隆山是兩個土司名合成，天鎮是兩個衞所名合成，雲和是二個鄉名合成。

新疆自治區的伊寧，原為伊犂的寧遠城，其構成也類似複合地名。河南省的蘭封縣，原由蘭儀和封縣兩縣名合併而成，過去曾改名東仁；因其附近有舊考城，1949年後再改稱蘭考縣。廣東省的封開，係由開建和封川合併而成；廣西的保德，係由天寶和敬德合併而成；福建省北邊的松政縣，係由松溪與政和合併而成。貴州省的東南部，在 1941 年和 1942 年曾合併了好些個縣。合併的原因，一般是人口太少，產業不發達。例如三都水族自治縣，是 1942 年合併三合、都江二縣而成，合併後人口 6.3 萬；從江縣是 1941 年合併永從、下江二縣而成，人口 8.5 萬；平塘縣是 1942 年合併平舟、大塘二縣而成，人口 9.1 萬；長順縣是 1942 年合併長寨、廣順二縣而成，人口 7.2 萬；丹寨縣是 1941 年合併丹江、八寨二縣而成，人口 4.3 萬。

黑龍江省西邊的呼倫貝爾，是因為兩個大湖泊——呼倫湖和貝爾湖的名稱連接而成。貴州省西南部的六盤水地區，則是以轄區內三個縣名——六枝、盤縣、水城的首字組成；但這樣的複合地名比較少見。

用兩條河流的名稱構成專名部的複合地名，有江西省的宜黃縣（因境內有宜水和黃水）。四川省的越雋縣、昌都縣和滎經縣等。用兩座山丘名稱構成專名部的複合地名，有廣東省的番禺縣（境內有番山和禺山）以及廣西的武鳴縣和湖北的來鳳縣。但有些複合地名，卻由兩個不同類的地形名所組成，陝西省的商洛縣（還有商洛地區和商洛鎮），係取商山和洛水合併而成；浙江省的諸暨縣，因境內的諸山和暨浦合併而成；江蘇省的灌雲，則由灌河和雲台山合併而成。類似的例子尚有海南島的澄邁、廣西的養利、江西的樂平以及四川的梓潼等。

《資治通鑑》卷一八五引《隋志》："商洛縣屬上洛郡，取商山、洛水之名縣也。"

一個地區或因發展快，人口大增；或因政治上的特殊原因，可能一分為二，於是便會產生分析地名。廣東省汕頭地區的揭西縣，便是從揭陽縣分析出來的；因其在揭陽西部，故名揭西。如果一個新設縣的土地是從兩個以上不同的縣劃分出來的，它可能各取舊縣名的一個字合併成新縣名，這又和複合地名相似了。

廣東省惠陽地區的和平縣，原為明正德年間王守仁鎮壓了贛南、粵北農民叛亂後，在造反地區中心設置的縣。它表示在這裏獲致和平，或希望將來和平，實質上是一個分析地名，但也可列為寄意地名。

少數民族語文地名

中國是一個多民族的統一大國，除漢族外，還有蒙古、維吾爾、藏、滿、壯等五十多個少數民族。每一民族都有他們自己的語言，用他們自己的語言稱呼他們的地方。在封建王朝統治時代，往往給若干地方强加一個漢式地名。如新疆的首府烏魯木齊，漢式名稱是迪化；內蒙古自治區首府呼和浩特，漢式名稱是歸綏。黑龍江省省會哈爾濱，也有一個叫做“濱江”的別名。台灣省的高雄，原住民曾稱之為打狗。

近年政府推行新的民族政策，各族人民互相尊重，完全平等，許多邊疆地名，都改回少數民族原先使用的地名。因此邊疆地區出現了很多譯音的新地名，奇異而新鮮。

1951 年 5 月 16 日《中央人民政府政務院關於處理帶有歧視或侮辱少數民族性質的稱謂、地名、碑碣、匾聯的指示》第二項條文：“關於地名，縣（市）及其以下的地名（包括區、鄉、街、巷、衚衕），如有歧視或侮辱少數民族的意思，由縣（市）人民政府徵求少數民族代表人物意見，改用適當的名稱，報請省人民政府備案。縣（市）以上的地名，由縣（市）以上人民政府徵求少數民族代表人物意見，提出更改名稱，層報中央人民政府政務院核定。”

烏魯木齊是維吾爾語的譯音，意思是“優美的牧場”；哈爾濱是滿語“曬網場”的意思，當初其地只是一個小漁村；呼和浩特是蒙語的“藍色的城”；包頭原名叫“包克圖”，蒙語的意思是有鹿之地。世界最高峰珠穆朗瑪，是藏語的譯音，“珠穆”為女神之意，“朗瑪”為第三之意；因為珠穆朗瑪附近還有四座山峰，珠穆位居第三，故稱為珠穆朗瑪峰。全國最大沙漠塔克拉瑪干，是維吾爾語“進去出不來”的意思；古今中外，曾有很多探險者喪生其中。全國最低窪的吐魯番盆地，最低處在海平面下 150 米，吐魯番也正是維吾爾語“低地”的意思。

此外阿勒泰是哈薩克語“金子”的意思；庫爾勒是維吾爾語“湖泊羣”的意思；包孜洪是維吾爾語“荒灘”的意思；博格多蒙古語“聖山”的意思；英吉沙是維吾爾語“新城”的意思。

內蒙古自治區的磴口，在黃河西岸，蒙古語為巴彥高勒，意思是“富饒的河流”。陰山北麓四子王旗的白音希勒，蒙古語的意思是"富饒的草原"。黑龍江省東南的穆棱，即古代的毛憐，二者同名異譯，都是女真語"馬"的意思。吉林省西北角、大興安嶺西側的阿爾山溫泉，共有四十八個泉點，當地蒙古族牧民久已利用這些溫泉治病，療效頗好，遠近馳名，阿爾山的全名為"哈倫阿爾山"，蒙語"哈倫"為熱的意思，"阿爾山"是聖水的意思。新疆西南角的喀什市，原來全名為"喀什噶爾"。據徐松《西域水道記》卷一的記載："回語（維吾爾語）謂各色為喀什，磚屋為噶爾。地富庶多磚屋也。"同書卷一對葉爾羌地名的解釋："回語謂地曰葉爾，謂寬廣曰羌。"所以葉爾羌的意思就是廣闊的綠洲。

邊疆地區一些地形名稱的通名部，也有使用少數民族語言的譯音而顯得別緻。如稱山為塔格或烏拉，河為達爾雅、郭勒或楚，湖泊為庫爾、惱兒、諾爾（淖爾）或錯。例如青海省的大湖青海，當地便稱為庫庫諾爾。以試爆原子彈著名的羅布泊，有的文獻上稱為羅布淖爾，《欽定皇輿西域圖志》即為其中之一。

《皇明世法錄》卷五八邊防："插漢惱兒即白海子，在宣府大青山後，宣邊相去尚有六百餘里。本處原有長水海子、苦水海子二處。夷人因長水海子四望白沙，遂名插漢惱兒。插漢即白，惱兒即海子也。凡夷語顏色，白為插漢，黑為哈喇，黃為捨喇，藍為可可，紅為兀郎。”

雲南省南部紅河哈尼族彝族自治州的建水，在南盤江河曲向西南伸出的一條支流上。這條支流源出異龍湖，附近地形閉塞，雨季山洪齊發，河谷漲水成為大湖。當地土著稱海（湖）為惠，劂為大，故名惠劂；建水則是漢人取的地名。《元史》卷六一地理志臨安路：“建水州在本路之南，近接交趾，為雲南極邊。治故建水城，唐元和間蒙氏所築，古稱步頭，亦云巴甸。每秋夏溪水漲溢如海，夷人謂海為惠，劂為大，故名惠劂。漢語曰建水，歷趙、楊、李、段數姓皆仍舊名。”

中國政府對少數民族地區的地名，自古就有特殊措施。早年我看地圖，奇怪西南各省有不少以“道”為名之縣，後來讀了《後漢書》百官，才知道：“凡縣主蠻夷者曰道。”而中國古代西北也曾有許多以“道”為名之地。《漢書・地理志》武都郡的九個縣中，有五個以道為名；隴西郡的十一個縣中，有四個以道為名；天水郡十六個縣中，也有四個以道為名。此外北地郡和上郡也有以道為名之縣。《舊唐書》卷四十地理志渭州：“隴西，漢豲道地，屬天水郡。”當時這些“道”都頗接近中原。

漢承秦制，《漢書・百官公卿表》、《後漢書・百官志》都記載：“凡縣主蠻夷曰道。”換言之，當時治理少數民

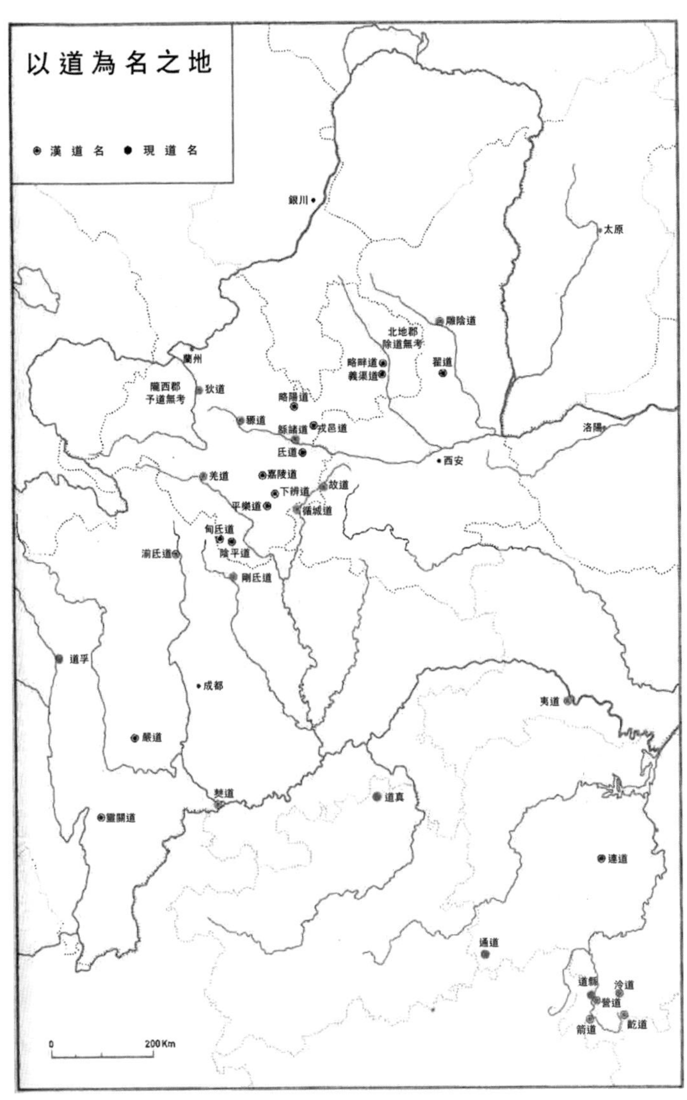
以道為名之地
漢道名
現道名
銀川
太原
雕陰道
北地郡
除道無考
略畔道
義渠道
翟道
蘭州
隴西郡
予道無考
狄道
略陽道
豲道
緜諸道
戎邑道
氐道
洛陽
西安
羌道
嘉陵道
故道
下辨道
平樂道
循城道
甸氐道
陰平道
湔氐道
剛氐道
道孚
成都
嚴道
僰道
道真
靈關道
夷道
連道
通道
道縣
泠道
營道
乾道
箭道
0
200 Km

族的縣，常被稱為道。《漢書・地理志》以道為名的縣，就有：零陵郡的營道、冷道；廣漢郡的甸氐道、剛氐道、陰平道；蜀郡的嚴道、湔氐道；犍為郡的僰道；越巂郡的靈關道；武都郡的故道、平樂道、嘉陵道、循成道、下辨道；隴西郡的狄道、氐道、予道、羌道；天水郡的戎邑道、緜諸道、略陽道、豲道；北地郡的除道、略畔道、義渠道；上郡的雕陰道；以及長沙國的連道。共計 27 處，皆分佈於西南和西北邊陲。長沙馬王堆漢墓出土的地圖，還有一個齕道，是《漢書》和任何古籍所未見的，在今天湖南省南部的九嶷山麓，道縣的東南側。現代的縣名中，還有四川省的道孚、貴州省的道真，以及湖南省的道縣和通道。縣級以下的地名中，可找到更多以道為名之地。

其他地名

凡不能歸納上述七類的地名，可合稱為其他地名，包括氣候地名、移植地名以及一切因意義未明而無法歸類的地名。[31] 我認為地名的分類，不宜太繁；如果分得太明

31　例如蒼梧，始見於《山海經》及《禹貢》，但原來的意義已難查考。《山海經》第十〈海內南經〉："蒼梧山，帝舜葬於陽，帝丹朱葬於陰。"《禮記》卷二〈檀弓〉上："舜葬於蒼梧之野，蓋三妃未之從也。"《史記》卷一〈五帝本紀〉舜紀："踐帝位三十九年，南巡狩，崩於蒼梧之野，葬於江南九疑，是為零陵。"

細，便會發現較多的矛盾。例如那些以物產名山，再以山來命名的縣；既可以視為山水地名，也可劃為物產地名。

春天是美好的，人們希望春天常在，或至少停留得長久些。於是就產生了像永春（閩）、恒春（台）和長春（吉）等和氣候有關的地名。[32] 雖言恒春、永春都在熱帶，缺乏真正的春天氣息；長春接近寒帶，可以算作春天的日子很有限。廣東省舊永安縣有地名秋鄉，有江名秋鄉江。據屈大均《廣東新語》卷二的解釋："秋鄉，在永安縣西南，川流自鐵潭渡匯合衆水，奔瀉而西。距城二百餘里為縣水口，合於大江，凡艘艇皆泊於此，怪石嶙峋，驚濤湍急；村燈漁火，隱映垂楊深竹之間。此地又多楓林，秋時葉丹，如火艷艷，一望燒空無際，絕與秋色相宜，故名秋鄉。"

廣東省的雷州是因多雷而得名。山東省昌濰地區的安邱縣，有一個人民公社名叫雹泉，即因多雹而得名。此地因雹災嚴重，故建有雹泉廟，供奉雹泉爺爺。

地名的移植，或起因於民族的遷徙，或由於政治、軍事形勢的轉變。晉世五胡亂華，北方漢人大批南移；僑

32　但吉林省東部延邊朝鮮族自治州的琿春縣，卻同氣候無關。原來琿春為滿州語，意思是"邊地"。

置州縣，以示不忘故土，其後仍然保存。例如松滋縣。漢代的松滋縣屬廬江郡，在今安徽宿松縣北五十里；東晉時在荊州僑置松滋，成為現在湖北省荊州地區的松滋縣。

《漢書・地理志》上郡有龜茲縣，據《水經注・河水注》，該縣以處置龜茲降胡而著名。古代的龜茲國在今新疆庫車縣，而上郡的龜茲縣則在陝西榆林縣北。同書安定郡有月氏道。月氏（月支）族本來居住敦煌郡境內，後大部西遷葱嶺以西，但也有少數東遷到安定郡境，故為置月氏道，在今甘肅東部。張掖郡有驪軒縣，王氏補註："《説文》作驪靬，《張騫傳》作犛靬，《西域傳》作黎靬，《匈奴傳》作黎汗，音同通用。" 按犛靬即大秦國，漢代因遷其降人居住，設縣治理，在今甘肅中部。

陝西省禮泉縣北原有一山名温宿嶺，因漢代曾有西域温宿國人在此田牧得名。《漢書》卷九六下〈西域傳〉温宿國條顏師古註："今雍州醴泉縣北有山名温宿嶺者，本因漢時得温宿國人，令居此地田牧，因以得名。"

台灣人主要是從閩南、粵東移植過去的，他們的祖先也把福建、廣東的一些地名帶到了台灣，例如大埔、饒平、南靖、詔安之類。台灣被日本人統治了半個世紀，日本人也曾把一些地名移植到台灣開拓較遲的地區；例如美濃和瑞穗之類，都是從日本移來的地名。

因疆界遷移而進退的地名，計有豐州、渭州、原州、成州、黎州、巂州、曲州、靖州以及蕭關和會寧關等。唐代所置的豐州，原在河套黃河北岸（舊北河之南，北緯 41 度和東經 107 度半），宋代其地已失，遷置豐州於現在陝西省東北角的府谷縣。唐代置渭州於今甘肅省隴西縣東五里、渭水上源的南岸；安史亂後沒入吐蕃，唐政府乃於平涼置行渭州，地在今甘肅平涼縣西邊，宋代也在此設置渭州。

北朝及隋唐所置的原州，本在今寧夏自治區固原縣治。安史亂後，原州為吐蕃侵佔；唐朝乃於臨涇縣置行原州，地在今甘肅鎮原縣，二地相距不到一百公里。宋代相承在此設置原州。西魏及隋唐所置的成州，治上祿縣，在今甘肅省天水地區西和縣西北，後也沒入吐蕃，唐朝乃在現武都地區的成縣重置。唐代所置的黎州和巂州，因接近吐蕃和南詔；戰後每有進退，故州治亦時南時北。

唐代所置曲州，本在今雲南昭通縣；靖州在曲州之北，約今大關縣附近，皆為東爨、烏蠻居地。天寶年間經營南詔失敗，石門（今豆沙關）以南盡失。但當時烏蠻有隨唐軍北撤的，於是政府遂在石門江（今橫江）下游復置曲州、靖州以為安插。新曲州約在今宜賓安邊場西南，新靖州則在今鹽津縣境。稍後南詔遷徙南寧州（今雲南曲

黑龍江省北部成串以站為名之地

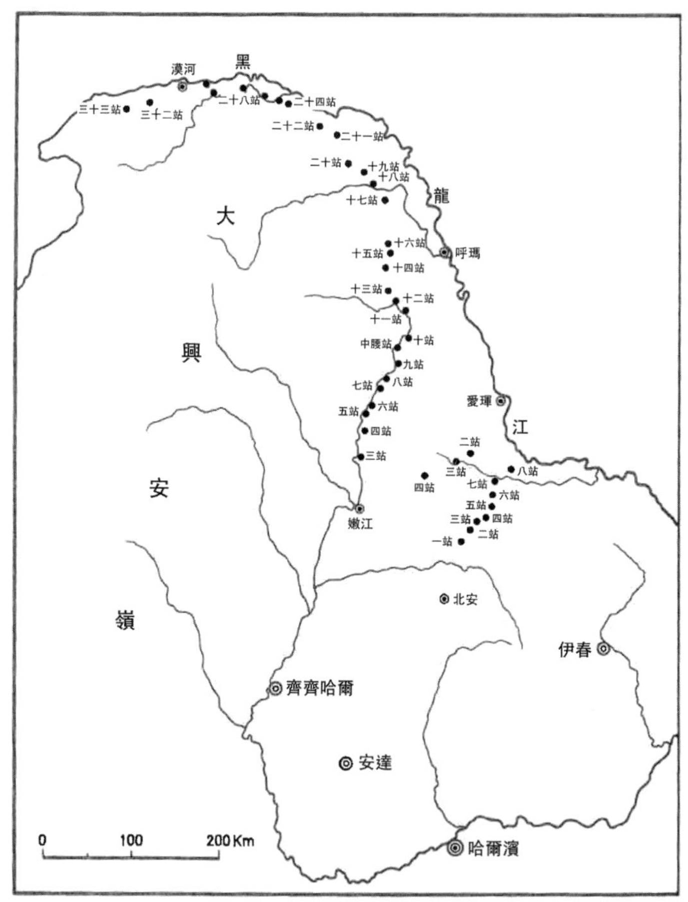

黑龍江省北部的開發，主要係循嫩江河谷推進；然後轉入黑龍江南岸。大興安嶺不但高寒，而森林茂密，通行困難。故從嫩江城（墨爾根）以北，直到漠河西南，在縮尺稍大的地圖上，可看到成串以數目字編號的地名。台灣也是我國開發較遲的省區，在宜蘭平原北邊，可以看到類似的成串以結爲名之地。

靖縣）北區的西爨、白蠻於永昌；舊曲、靖二州的烏蠻乃南移南寧州平地補充。故唐代末年南寧州又有曲靖州之名，也就是後來曲靖縣名的來源。

古代著名的蕭關，初為漢代所置，在今固原縣東南 15 公里。唐代的蕭關，在固原城北 90 公里，清水河東岸。現在的蕭關，設置時期較遲，在環縣西北十五公里。唐代所置的會寧關，在今甘肅景泰縣東黃河東岸，靖遠縣西北一百多公里；而宋代的會寧關，則在靖遠東南 90 公里。這都是國勢盛衰、軍事進退影響地名播遷的佳例。

（選自《中國的地名》）

附錄

近年地名的改變

研究中國地名所遭遇的困難，不限於地名數量多以及部分古老地名含義的費解，而且還因為地名的不斷改變。中國有不少古老地名，非但歷代名稱多變，而且連位置也搬來搬去，相距可達至數十里。黃河下游因河道時常遷移，此類情況特多。《宋史》卷二九九〈李仕衡傳〉："棣州汚下，苦水患，仕衡奏徙州西北七十里；既而大水沒故城丈餘。"

黃河河口段曾有一個叫做厭次的古縣，在現今惠民縣東南約二十公里，當時很接近黃河口，它的縣治至少搬遷過六次。《大清一統志》卷一三九武定府古跡："按舊志，厭次自古凡六徙。明統志載厭次在陵縣東北三十里，即今神頭鎮，此秦及西漢之厭次也。"

我早年曾想利用古代縣城的分佈，推斷歷代海岸線的改變，所以找到這個縣名。厭次既然在秦代已經設治，則黃河河口段的成陸並不像過去一般學者臆測之遲。到了西漢宣帝元康四年（公元前62年），封張延壽於平原，改厭次為富平。東漢明帝永平五年（62），又改回厭次。晉為樂陵郡治，地在陽信東南十五公里的邵城；西魏初又遷到陽信以東五公里的馬嶺城。[33] 北齊天保七年（556）廢

---

33 古代陽信在今日陽信縣治西南兩公里半的城子務。《大清一統志》卷一三九武定府："陽信故城，……宋大中祥符間，棣州北徙於陽信縣界，陽信因亦北徙今治。" 亦即從原來縣治向東北遷移了五里或兩公里半。

厭次，隋開皇十六年（596）又恢復為厭次。唐武德初屬德州，貞觀十七年（643）在此置棣州，以厭次為附郭縣，縣治遷至今惠民東南二十公里的陷棣州（北舊州城）。五代梁華溫琪以河水為患，曾將縣治遷到南舊州城，亦名小新城或新州，在今惠民東南三十多公里。北宋大中祥符八年（1015）以後，又遷回隋唐舊地，亦即北舊州城。[34] 明代初年省入武定州，清代升為武定府，雍正十二年（1734）改稱惠民縣。民國二年（1913）裁府留縣，現在的惠民是黃河河口惠民地區的首府。

一個縣的改變情形複雜如此，古今數萬縣名，又將怎樣處理？

最近二十多年來，地名的改變也很厲害。這可歸納為三個方面：第一是政治的恩怨，因此陝西省北部的保安縣被改名為志丹縣；安徽省西部的立煌縣被撤銷（事實上已沒入梅山水庫），而在附近另設金寨縣；河南省南邊的經扶縣撤銷，另設置新縣。類似的例子還有湖北省東部的黃安被改為紅安。第二是為了要簡化，使有些古怪地

34 這六次遷徙可再簡化為：（1）陵縣東北十五公里神頭鎮→（2）陽信東南十五公里的邵城→（3）陽信東五公里的馬嶺城→（4）惠民東南二十公里的陷棣州（北舊州城）→（5）惠民東南三十公里的小新城（南舊州城）→（6）惠民東南二十公里隋唐舊趾。

名變成易讀易識。光是陝西一省，在 1964 年 8 月 29 日，國務院就批准了鄠縣改名戶縣，鄜縣改為富縣，葭縣改名佳縣，郃縣改名彬縣，盩厔改為周至，醴泉改為禮泉，栒邑改為旬邑，郃陽改為合陽，洵陽改為旬陽，沔縣改為勉縣， 汧陽改為千陽，郿縣改為眉縣，雒南改為洛南，商雒改為商洛。[35] 第三是貫徹新的民族政策，把許多地名改回少數民族固有名稱的音譯，例如上邊已説過的迪化改名烏魯木齊，歸綏改名呼和浩特之類。和此相似的還有邊城的改名，鄰接朝鮮。隔鴨綠江和新義州相對的安東，改名為丹東；面對越南的鎮南關，先是改名睦南關，後來再改名友誼關。

雲南是少數民族分佈最混雜的地區，因此地名也改變得最多，特別是西南部。試比較 1939 年版的《中國分省新圖》和 1974 年版的《中華人民共和國分省地圖集》，幾乎可以説是面目全非。瀾滄江沿岸，自南向北，在西雙版納傣族自治州境內，鎮越縣被取銷，原縣治改名易武；車里改名景洪，又名允景洪；江寧縣取銷，地名改為勐

35　某些地名的改變，適應了當地的方言，但不易為外地人所了解。無錫市北偏東三十多公里有一華墅鎮（常熟西北三十公里），是我所知道的，1974 年版的《中華人民共和國分省地圖集》改為華士，顯然是依據當地方言將“墅”簡化為“士”。奇怪的是：在華士東南十五公里的陳墅，則保留為陳墅，並不改名陳士。

往；原佛海縣改名勐海縣，原南嶠縣取銷，地名改為勐滿。到了思茅地區，東岸的六順縣取銷，寧洱縣改名普洱；西岸出現西盟佤族自治縣、瀾滄拉祜族自治縣、孟連傣族拉祜族佤族自治縣；西北側的臨滄地區，緬寧縣改名為臨滄縣，順寧縣改名為鳳慶縣；另外增添了耿馬傣族佤族自治縣、滄源佤族自治縣。

即使內地的一些縣名，為避免引起少數民族的反感，也都改變了。貴州省貴陽市南邊原有一個定番縣，現在改名惠水縣；四川省成都市西北的理番，現在改名為理縣；陝西省漢中西南原有的寧羌縣，現在改為寧强縣。陝西省南邊靠近四川的鎮巴縣，保留不改，因為巴族早已不再存在了。

我的祖籍浙江海寧，在錢塘江口北岸，是八月觀潮的好地方。但現在新地圖上的海寧，卻向東北搬了二十一公里，是原先叫做硤石的地方。硤石本來是很小的鄉鎮，只因位於滬杭鐵路線上，近年發展較快，政府就把海寧縣治遷到了硤石。於是硤石改名海寧，而海寧改回古名鹽官。同樣或類似的實例很多，計有浙江省餘杭、建德、淳安、慈溪、上虞；江蘇省的東海、邳縣；安徽省的嘉山、懷寧；山東省的歷城、淄博、沾化、榮成、魚台、武城、桓台；山西省的右玉、安澤、垣曲、方山、永濟；河北省的井陘、平山、新樂、灤平、豐寧、安次、吳橋、固城、武强、沙河、尚義、永年、館陶、懷來；天津市的寧河、武清；北京市的大興；上海市的上海；遼寧的錦西、昌圖、開原；吉林省的德惠、乾安、汪清、和龍、輝南；黑龍江省的綏濱、虎林、愛輝、穆棱、肇東、依安；河南省的虞城、息縣、淅川、靈寶、長葛；陝西省的靖邊、寧陝；甘肅省的合水；湖北省的枝江、沔陽、均縣；湖南省安化、江華、綏寧、黔陽、麻陽、通道；江西省的萬年、鉛山；福建省的南安、平和；廣東省番禺、花縣、饒平、平遠、大埔、五華、龍川、寶安、翁源、封開、高鶴、吳川、儋縣、瓊海、崖縣、昌江；廣西自治區的崇左、天等、西林、德保、河池、天峨、柳城、賀縣；貴州省的三都、從江、長順、關嶺、六枝；雲南省的永善、盈江、瀾滄、鎮沅、梁河、碧江；四川省的江油、北川、射洪、武勝、富順、洪雅、理縣、汶川、理塘；內蒙古的磴口；青海的共和；新疆的霍城；西藏的亞東、芒康、察雅、薩噶以及工布江達等一百多縣，主要是因為交通與工業建設以及水庫的修築，無法在這小冊子中盡述了。引起此項改變的原因，主要是交通和工業建設，但也有因被水庫淹沒而遷移的。

東北地區的地名改變也很多，如果不講究底細，容易弄錯。在西遼河和東遼河交滙處，原有一個遼源縣，縣治名鄭家屯，在西遼河下游西岸。在東遼河的上源，有一個盛產煤的北豐縣。北豐縣原名西安縣，1947 年才改名北豐；其東南在東豐縣，西南有西豐縣。近年把北豐縣改名東遼縣，另設遼源市，縣和市同治。（在遼源市東南二十公里，另有一地名遼河源。）而將原來的遼源縣，改名為雙遼縣，取東西兩條遼河在附近會合之意，比較符合實際。如不了解此項改變，則閱讀不同年代出版的地圖，會覺得非常混亂。

1976 年 11 月於香港中文大學

（選自《中國的地名》）